いぬじゅん

今、きみの瞳に映るのは。

実業之日本社

実業之日本社文庫

目次

プロローグ

ひとり暮らしをするようになってから、やけに妹のことを思い出す。

実家に住んでいるときと違い、なにかにつけて思い出したり心配してしまう。

――新しい病院には通えているのかな。

――学校にはちゃんと行けてるのかな。

小さいころから体が弱いのに負けず嫌いで、六つ歳《とし》が離れた俺にも平気で立ち向かってきた。結局、最後は泣いていたっけ。

頭に浮かぶのは笑顔よりも、悔しそうに涙をこぼす姿ばかりだ。

――お兄ちゃんなんだからやさしくしなさい。

――お前が助けてあげないでどうするんだ。

両親の小言に、無性に腹が立ってしまったのはしょうがないことだろう。

高校生になったころからは、両親の望む兄になれたと思う。

とはいえ思春期が邪魔をしたのか、あまり会話はしなくなっていた。
両親とも、妹とも。
そんな日常は、専門学校を卒業したあと終わりを告げた。
「元気でね、お兄ちゃん」
引っ越しの朝、大きな瞳いっぱいに涙をためる妹に、はじめて罪悪感が生まれた。
もっとやさしくしてあげればよかった。
もっと助けてあげればよかった。
離れるほどに思い出してしまうけれど、妹のためにもちゃんとここで働こう。
兄になって以来、はじめて誓ったことだった。
毎日のように思い出しては、心配と後悔をくり返している。
そんな大切な妹を、自分の手で殺すことになるなんて思いもしなかった。

第一章　はじまりのレンズ――樋口壱羽

待ち人来たらず。

「まいったな」

さっきから何度つぶやいているのだろう。

バス停のベンチに腰をおろしてから早三十分。スマホのメモアプリを開くのもこれで何度目か。

『三月三十日　火曜日　十四時　池峰《いけみね》バス停　待ち合わせ　山本《やまもと》さん』

メモの下には、『奈良県吉野《よしの》郡下南山《しもみなみやま》村大字池峰444　池峰四号棟205号室』の文字。会社が手配してくれたアパートの住所だ。

今朝は始発で東京駅を出発した。京都駅経由で奈良駅から近鉄電車に乗り換え、大和八木《やまとやぎ》駅で降り、バスで二時間半もかかってようやく池峰のバス停で降りたのが三十分前。

急斜面の途中にぽつんとあるバス停の周りには山しかない。むしろ山のなかに無理やり道路を敷いたみたいに、左右はうっそうとした木々に覆われている。

山本さんの携帯電話には二度かけたけれど、どちらもすぐに留守電に変わってしまった。

彼は、明後日から俺の直属の上司になる人らしく、何度か電話で話をした。印象は『愛想のない人』ってところ。ぶっきらぼうでせっかちな中年男性だろう。

ここから車で社員寮であるアパートに連れて行ってもらえる約束だった。そろそろ引っ越し業者が荷物を運んでくる時間だ。

そもそもこんなところに会社やアパートがあるとは思えない。バックパックを背負いスマホで地図検索をすると、矢印は山の途中にある細い脇道を指していた。

こんな細い道の先にアパートがあるのか……。いや、それよりも、今どきアンテナが一本しか立たない場所があるなんて、そっちのほうが驚きだ。

『目的地まで車で二十分ほどかかります』音声案内の声がそう言うが、舗装されているとはいえ、かなり狭い急な坂道だ。

意を決して歩き出すと、急に辺りが暗くなった気がした。見あげると左右から両手を広げるようにせり出す木々のせいで、空は小さくいびつな形になっていた。自然の多い場所なのに都会より空が見えないなんて皮肉なもんだ。

本当にこの道で正解なのだろうか？

先輩に会うのだからと母親が正装で行くことを勧め、言われたとおり慣れないスーツを着てきたけれど、新しい革靴がかかとに痛みを生んで久しい。

まるで新社会人への洗礼、いや拷問に近い。

ふと前方からなにか聞こえた。肩からリュックをおろし耳を澄ますと、間違いない、車のエンジン音だ。

助かった！

やっと迎えに来てくれたのだろう。顔拭きシートで汗を取りながら待つが、車はなかなか姿を現さない。

不思議に思い坂道をのぼると、少し広くなった道の脇に白い軽自動車が停《と》まっていた。ドア部分に『奈良ケーブルテレビ』のラッピングシールがでかでかと貼られているのを見て、ようやく安堵《あんど》の息をつけた。

「お疲れ様です」

笑顔を作りながら車に近づくが、運転席にいたのは山本さんではなかった。

開け放った窓のなか、ハンカチを顔に押し当てた若い女性が肩を震わせている。

って、泣いてる？

「あの――」

俺の声にビクッと体を震わせた女性が、ゆるゆるとこっちを見た。肩までの栗《くり》色の髪は大きな瞳によく似合っている。

どうしたのだろう、と思った瞬間だった。

「きゃああああ!!」

天地をひっくり返すほどの悲鳴を女性があげたのだ。

その声はこだまになって山奥を震わせた。


「ごめんなさいごめんなさい」

さっきから助手席で謝り続けている女性の名は習志野《ならしの》さん。くしゃくしゃになったハンカチを握りしめる横顔に、

「謝らなくても大丈夫ですよ」

なるべくやさしい声をかける俺。慎重にアクセルを踏み、先へ進んでいく。

「迎えに行く途中に脱輪するなんて情けなくて……」

思い出したかのように涙声になっている。

「無事に脱出できたのですからよしとしましょう」

両手でしっかりとハンドルを握り直す。

代役で迎えに来る途中、脱輪してしまい山本さんにも連絡がつかず途方に暮れてい

たそうだ。幸い車の底には薄い傷がひとつついているだけだった。

「運転までしてもらって本当にごめんなさい」

謝ってばかりの習志野さんに「大丈夫です」俺も同じ言葉をくり返す。

「あたしペーパードライバーで、いつも運転すると失敗ばかりするの。社用車だから気をつけてたのに、緊張すると失敗ばっかりで」

「そうだったんですね」

「これでも運動は得意なんだよ。柔道を長年やってて黒帯なんだから。でも運転はてんでダメ。自分の車なんて二年でもうボロボロでね、特に左うしろは車に申し訳ないくらいへこんでるの」

横顔をチラッと見てから視線を山道へ戻す。俺だって教習所以外で運転するのははじめてだ。普段は原付バイクが移動の主な手段だったし、こんなカーブだらけの山道はレベルが高すぎる。

運転を買って出たのは、脱輪から逃れた習志野さんがUターンするのにさらに十分以上かかったから。これでは引っ越し業者を永遠に待たせることになってしまうと思っての判断だった。

「樋口壱羽《ひぐちいちば》くん、だよね？」

「はい」

「あたしも樋口くんと一緒のアシスタントディレクターなの。二年先輩に当たるんだよ。これからよろしくね」

もらった名刺には『習志野　綾《あや》』という名前と『奈良ケーブルテレビ　制作部アシスタントディレクター』と記載されていた。俺もアシスタントディレクターからスタートするので、直属の先輩ということか。

しかし……。

「こんな山奥に奈良ケーブルテレビがあるなんて知りませんでした」

永遠に続く右へ左へのカーブを慎重にさばきながら疑問を口にした。

「あたしもはじめて来たときは驚いたよー。最終面接もホテルだったし」

「奈良ホテルで最終面接でしたか？」

「そうそう。だから引っ越してきたとき、あんまりにも田舎でびっくりしちゃった」

さっきまで泣いていたことも忘れ、おかしそうに笑っている。習志野さんは静岡県出身で、短大を出てここに就職したそうだ。俺よりふたつ上の二十二歳。小柄で薄化粧のせいで同い年くらいに、いや年下にすら思える。

それは彼女が身につけている緑色のパーカーにジーパンという軽装のせいかもしれなかった。胸元には『奈良ケーブルテレビ』と文字がプリントされてある。

「あたしのときは三人採用されたんだけど、今年の新卒枠はひとりだったんだって。

樋口くんがチャンピオンだね」

「……ですかね」

あいまいに答える。車幅は少し広くなったが、まだ連続カーブが待ち構えている。

「どうしてうちの会社を受けたの？」

「それって面接みたいですね」

「ふふ、ほんとだ。でも興味ある。ちなみにあたしは、初任給に惹《ひ》かれて、かな」

次は俺の番だ、とでも言うように顔を向けてくるので肩をすくめてみせた。

「俺も同じです」

開設して十年目だという奈良ケーブルテレビは、採用数こそ少ないもののありえないほどの好条件だと専門学校の先輩たちも話題にしていた。

初任給が年齢の二倍近くもあるし、社宅として借りられるアパートは家賃も光熱費も無料。週休二日に加え夏休みや冬休みも充実、とくればテレビ業界を目指す学生にとって、その存在は太陽よりもまぶしいだろう。

それに俺にはもうひとつ、魅力的な条件があって……。

「相当な倍率だったわけだもんね」

思考は習志野さんの声に中断された。

「倍率までは知りませんけど、うちの専門学校生は毎年、ほとんど書類審査で落とされてたみたいです」

同期のヤツらもこぞって応募をした。そして俺以外の全員は書類選考で脱落したらしい。三次面接に進んだのは東京からは俺だけだと聞いている。

最終面接では社長とふたりきりで面接をした。

俺は半ばあきらめで挑んだものの、社長は最後まで人懐っこい笑みを浮かべて話を聞いてくれた。

好きな映画が偶然にも同じだったことから話が盛りあがった記憶がある。奇跡に身震いしながら、『エクソダス：神と王』を貸してくれた同級生に感謝した。

三日後には内定の通知が届いていた。ラッキーとしかいいようがない。

「樋口くんの夢はプロデューサーになることなの？」

まだ面接の再現は続くらしい。くねくね曲がる道に気を取られ、うまく言い逃れることができずに口を開く。

「社長になることです」

「社長に？　それってすごい」

おかしそうに習志野さんは笑うけれど、俺が本気なのを悟ったのか、恥じ入るように「そうなんだね」とうつむいてしまう。

「社長というのは言い過ぎかもしれませんけれど、ケーブルテレビは加入さえすれば他県でも視聴できます。奈良県の良さをたくさんの人に知ってもらえるような番組を作りたいんです」

面接で言った言葉に嘘《うそ》はなかった。いつか自分の番組を作りたいという夢。さらには、構成する番組を自分で決めたい気持ちがあった。

社長になりたいというのは最終目標であり、かすみのような夢。

「あたし、応援するからね」

そう言った習志野さんの口調は、さっきよりも落ち着いたトーンだった。初対面の人にする話でもなかったと、今さら後悔しても遅い。

急に上り坂が終わったかと思ったら、視界が一気に開けた。整地されているのかまっすぐな道路が続いている。

「あ、見えた」

習志野さんが指さす右前方に二本の鉄塔がそびえ立っている。

「アンテナですか？」

全貌を現した鉄塔は、山からにょきっと生えているように並んで立っていた。横には古ぼけた三階建ての建物がある。元々は真っ白だったろう外壁は雨風のせいか黄ばんでいる。手前には似たような形の一回り小さな建物も見えた。

「右手に見えるのが奈良ケーブルテレビでございます。左側に並んでいるのは住居エリアです」

バスガイドのような口調で習志野さんが説明してくれた。

道を挟んだ左側には同じ形のアパートの群れが並んでいる。壁に『一』『二』と黒い文字で書かれている。

山のなかに急に現れた建造物は、やっと現代に戻ってきたような気分になる。

「そこを左に曲がってね」

習志野さんは左側にある細道を指さした。ウインカーを出して左折すると、二階建てのアパートがふたつ並んでいた。手前の建物に言われるがまま駐車する。フロントガラス越しに見あげると壁に『四』の文字が。ここの205号室が俺の部屋ってことだろう。最近塗りなおしたであろう白壁が太陽にまぶしい。

「ここが男性職員のアパートね。向こうのが女子職員。ちなみに女子の建物だけは入口にセキュリティがかかってるの」

「道沿いにあったアパートも社員寮ですか？」

そっちのほうがずいぶん大きい建物だった。

「あれは高校の寮。大通り……あ、通称ね。大通りを進むとグラウンドがあって、その奥に高校があるの」

「私立奈良池峰高校……」

資料で覚えた名前を口にすると、そうだよと習志野さんがうなずく。

「一学年三クラスしかない小さな高校なんだけど、生徒は全国から集まってきてるの。ほとんどがひとり暮らしか、家族で引っ越してきてるんだって」

「家族で？　え、なんでですか？」

「ま、それはそのうちわかるよん」

ひょいと車からおりる習志野さんに続いて俺も外に出た。覆う木々もない高台の地には太陽が降り注いでいるものの、標高が高いせいか少し肌寒い。

アパートの前に引っ越しのトラックが見当たらない。辺りを見回す俺に、習志野さんが「そうだ」と声にした。

「引っ越し業者の人が困ってたから管理人さんが鍵を開けて荷物を運び入れてもらったって。こういう伝言もすぐに忘れちゃう。ごめんなさい」

「それならよかったです」

あとで管理人さんにお礼を言っておかなければ。

心にメモをしつつ郵送で受け取った鍵をバックパックから取り出していると、

「じゃあ、次は村を案内するね」

習志野さんが言った。

「これも山本さんから言われていることなの。疲れてるだろうけどついてきてね。入社オリエンテーションみたいなもの、ってまだ入社前だけど」

「車でですか？」

「小さな村だから自動車を使うのはふもとにおりるときだけで十分。普段は自転車もいらないくらい」

通りに戻ると道の向こうに門があり、鉄塔を中心に左右にふたつの建物があった。左側が本社、右側は外部向けの展示室と倉庫を兼ねた建物らしい。

道を進むと左側に小さな商店が並んでいて、向かい側には高校の建物があった。会社や店、高校、どれもが自分の知っているそれよりも小さく、簡素に見える。特に高校は通常の半分ほどの大きさだ。一学年三クラスというのは本当のことらしい。行き止まりには大きな建物があった。長方形でシルバーの外壁が近代的。会社のようだが、頑丈な鉄製の門は閉まっている。

「ここは、ＮＣ機器っていう会社。奥には社員寮があるんだよ。社員の部活動もけっこうやってて、あたしも社外の人間なのに柔道部に無理やり入れてもらってるの」

かなり大きな会社だ。でもこんな山奥に会社を作る利点ってなんだろう……。

「これで案内は終わり」

習志野さんはバッグからメモ帳を取り出してページをめくった。

「ここから諸注意を申しあげます。えっとね」とメモ帳に目を近づけた。

「商店は早くに閉まるから早めに夕飯とか買っておいてください。定休日は土曜日と月曜日です」

「あ、はい」

「明日は八時過ぎには出社してください。持ち物はメモ帳とペン。昼はお弁当を配達してもらっているので用意しなくても大丈夫です。水分は、ドリンクサーバーがあるのでマグカップを持参してください。服装は、最初なのでスーツが無難でしょう」

メモを読みあげた習志野さんに「わかりました」とうなずくとホッとした顔でメモ帳をしまった。

「あ、そうそうあさっては健康診断だって」

「入社前にも受けたばっかかですよ」

「しょうがないじゃん。決まりなんだし」

改めて見ると、習志野さんは車内での印象よりも背が小さかった。髪は午後の日差しのなか栗色に光っていて、薄手のパーカーは少し大きめだ。

薄化粧の顔に人懐っこい表情。

「ようこそ、下南山村へ」

やさしく笑う笑みは春のように柔らかく、『この人を好きになるのかもしれない』と、俺は漠然と思ったりした。

「最後の正義感だけは強い」とは、高校で三年間担任だった須田《すだ》先生の言葉だ。

その日は雨が降っていて、指導室のなかにまで湿ったにおいが充満していた。クラスで執拗《しつよう》にいじめを受けていた男子が学校に来なくなって一週間が経《た》っていた。名前はたしか、飯野《いいの》だったと思う。

教壇に立った須田先生が「飯野は卒業式まで自宅学習になった」と言ったときに、クラスの男子から笑いが起きたのがきっかけだったと思う。で、気づけば俺はいじめの主犯格である男子を殴りつけていた。

そいつは大重《おおしげ》という柔道部のエース。俺は、最初の一発こそ命中させられたものの、あっけなく床に崩れ落ち、須田先生が止めるまで殴られ続けた。

「なんで俺が呼ばれるんすか？　注意されるなら大重のほうじゃないですか」

痛む頬を押さえる俺に、須田先生は呆《あき》れた声で言った。

「お前って、最後の正義感だけは強いんだよなあ」と。

俺はぶすっとした顔を窓の外に向けて雨を見た。

なんだよ、それ。間違っていることを間違っていると指摘してなにが悪いんだよ。

そんなことを思っていた。

そんな俺だから、奈良ケーブルテレビに入社して一ヵ月後にはすでに山本さんに目をつけられ、プロデューサー室へ何度も呼び出しをくらっている。

今日もこれから心当たりのあることやないことで怒られるのだろう。

支給されている無線の通信スイッチを切ると同時に、

「また?」

と、習志野さんが小声で聞いてきた。

「やらかしたみたいです」

「期待されているからだよ」

そんなふうに励ましてくれるのをありがたいと思う一方で、

「でも教えかたってあると思うんです」

反論していた。

山本さんは様々な番組のプロデューサーやディレクターを兼任している。いわば、番組の監督みたいなものだ。細かな調整や準備はADである俺たちの仕事だ。

俺だけにではなく、山本さんはいつも誰かを怒鳴りつけている。

「とにかく行ってきます」

「壱羽くん、笑顔でね」

ムスッとした顔を指さされ、愛想笑いをしてから編集室を出た。いつもより足取りが軽いのは、今日から習志野さんが俺を名前呼びしているからに違いない。

『樋口って苗字《みょうじ》がね、中学の担任の先生と同じなの。あんまりいい思い出がなくって。だから、今日からは名前で呼んでいい？』

上目遣いもまたかわいいと思ってしまう単純な俺。断る理由なんてひとつもなかった。むしろ大歓迎だ。

奈良ケーブルテレビは外観同様、十年目とは思えないほど内装が古い。元々、別のケーブルテレビ会社が入っていた建物を、倒産と同時に買い取り、開業したそうだ。はじめての給料日はまだだが、こんな老朽化している建物の会社が、本当に提示された金額を出してくれるのか不安になる。

ノックをしてなかに入る。八畳ほどの小部屋が山本さんの部屋だ。でっかい机の上にパソコンが二台、あとは資料が山のように積まれている。

「おう、来たか」

高校時代は柔道をしていたらしく、過去の大重を彷彿《ほうふつ》とさせる。そう、最初から苦手だったんだ。

ギイと大きな音を立てて椅子に座りなおす山本さん。姿勢が悪いことをいつも注意されていたので机の前に立ち背筋を伸ばした。

「今日は五月三日。ゴールデンウィークまっさかりってところだが、俺達には関係のない話だ。ま、夏休みはたっぷりあるから我慢してくれよな」

ニヤッと笑う山本さんに違和感。眉間にシワを寄せる顔しか見たことがなかった。

「実は来月で俺は四十歳になるんだ」

自分の身の上話をするなんてどうしたんだろう。ようやく不安が押し寄せて来る。

まさか、試用期間でお払い箱になるとか……？

「内密な話だが、来月から社運を懸けた番組がはじまる。俺にとっても大切な番組になるだろう」

「え、そうなんですか？」

これまでは奈良県の紹介や、地元ニュースという平凡な番組しか扱っておらず、あとは他社制作の番組を購入して放映していると聞いていた。

「イチバンには、その番組のADを綾とともにやってもらいたい。これまでの番組はすべて他のスタッフに替わってもらうことになる。受けるなら詳細を伝えるが、嫌なら話はここまでだ」

山本さんはスタッフを下の名前で呼ぶ。俺は壱羽という名前から、入社早々〝イチバン〟とニックネームまでつけられていた。

「お言葉ですが、地元ニュースは人手も少なくて取材のメンツが足りませんが」

この会社は従業員がかなり少ない。俺も、ADという肩書きはあるものの、電話応対や裏方、さらにはリポーターなどなんでもやらなくてはならなかった。今日もこれから十津川《とつかわ》村での取材があった。

「だから？」

「他のスタッフが大変になるのなら、今やっている仕事をしながら――」

「お前が気にすることじゃない」

鋭い目で山本さんは俺の思案を打ち切った。

「でも、今日会うかたにも、俺がずっと電話連絡をしてきたんです」

正義感はいくつになっても影を潜めない。そして毎回、叱られるんだ。

しかし、今日の山本さんは違った。柔道崩れの巨体を震わし、おかしそうに笑ってから、両手を机の上で組んだ。

「人事部から聞いている。社長になりたい、って面接で言ったんだってな」

「……はい」

「そう聞いたからしごいてやったんだ。まだまだ新人レベルだが、やる気だけは理解したつもりだ。この一大プロジェクトにお前を推薦したのはそういう理由だ」

言っている意味は理解できる。けれど、もし、失敗してクビになったなら……。

「妹さんを高校へ行かせたいんじゃなかったのか？」

静かな問いに、頭がジンとしびれた。

「……はい」

「名前はたしか、樋口二葉《ふたば》だったか」

「はい」

上司であれど呼び捨てにされるのは癪《しゃく》に障るが素直にうなずいた。二葉とは昨日も電話で話をした。

「六歳年下の中学二年生。もうずっと学校へ行ってないんだろ？　病気か？」

「それも、あります」

病気が原因でクラスメイトからからかわれたのがはじまり。それはやがて仲間外れを生み、陰湿ないじめへと発展していった。

俺が大重に殴りかかったのは、その問題が大きくなった時期と重なったからだ。

「お前ががんばれば、推薦で池峰高校へ進むことができる。それもこの会社に入った目的じゃなかったのか？」

「……そうです」

最初は推薦があるとは知らなかった。就職フェアの際にもらったパンフレットに記載されていたその内容に俺は飛びついたのだ。

「だったら今、決断しろ。やるのか、やらないのか」

二葉を高校に行かせてやりたい。将来に絶望している二葉のためにも。

「――やらせてください」

拳を握りしめ答える俺に、山本さんは軽くうなずくと引き出しから四角いケースを取り出し机の上に置いた。名刺ケースくらいの真っ黒い箱だ。

アゴをくいと動かし、開けるように指示されたので箱に手を伸ばした。なかにはさらにプラスチックの蓋がついていた。

カチ、という音とともに開くと、透明の液体が半分ほど入っている。

「イチバンは裸眼だよな。視力は左右ともに一・二」

「そうです」

「なかにコンタクトレンズが入ってる。それが次の番組で重要なアイテムとなる」

「コンタクト、ですか？」

よく見ると、黒いレンズのようなものがふたつ箱の底に沈んでいる。

「正式名称は、コンタクトカメラ。資料は渡せないから口で言う。メモも取るな。耳で聞いて理解しろ」

椅子の背もたれに体を預けた山本さんが足を組んだ。それだけで社長みたいな空気感が場を満たした。

「池峰高校の関係者全員が、このコンタクトカメラをゴールデンウィーク明けから装着する。これは最新型のカメラだ。画質は４Ｋまで対応しているが、編集する際にはハイビジョンまで画質を落とす。もちろん音声も拾う」

「すみません。ちょっと待ってください」

言われている内容が頭に入ってこない。俺を気にすることもなく山本さんは、右の壁にかかった大型ディスプレイを指さした。

つられて顔を向けると、俺が映っていた。横顔の俺がぽかんと口を開けている。

「これは俺がつけているコンタクトカメラの映像をリアルタイムで取りこんだものだ。揺れ防止機能もついているから安定しているだろ?」

山本さんがキーボードをカタカタと動かすと、俺の顔がアップになった。

「これって……盗撮ですか?」

「承諾を得ずにやれば違法だろうな。池峰高校の生徒は全員了承している。もちろん教師も用務員もすべての人が装着をすることになる」

「それって……」

混乱した頭をまとめようと右手を広げると、画面の俺も同じポーズを取った。

「あの……。これで高校生たちのリアルを放送する、そういうことですか?」

「ニアピンだ」

すっと立ちあがった山本さんがディスプレイの横に立つと、見知らぬ場所が映し出される。これは……廊下だろうか。続いて教室のなか。体育館、グラウンド。

「池峰高校、ですか？」

「カメラが校舎のなかにもいくつか設置されている。これに加え、生徒や教師の映像を使って番組を作る。言うなればリアリティショーってとこだな」

「そんなのおかしいですよ」

「なにがおかしい。最先端の技術を駆使して画期的な番組を作れるんだ」

「俺……納得できません。そんな番組に参加なんて――」

バンッ
話は山本さんが壁を拳で叩く音に止められた。

「いいか、イチバン。お前はもう社会人だ。正義感を振りかざすのはいいが、きちんと話の全貌を知ってから結論は出せ。でないと、一生後悔するぞ」

でも、と開きかけた口を意識して閉じる。

「池峰高校は全国でも珍しく逆指名での入試を行っている。こちらが選んだ生徒に受験を促すんだ。合格した生徒は授業料も免除、さらには家賃などもかからない。なぜかわかるか？」

余裕のある笑みで尋ねる山本さんに首を横に振る。

「答えは、奈良ケーブルテレビが池峰高校を経営しているからだ」

ふん、と鼻を鳴らした山本さんが俺の横に立ち肩に手を置いた。

「なぜそこまでするのか？　それはこの番組のためだ。生徒も親も、いずれテレビで映されることは了解している。双方が協力して成り立っているんだよ」

池峰高校は設立されてまだ数年だと聞く。番組のために学校が造られた……？　生徒たちは納得した上で逆指名を受けているってこと？

「番組に関わるのは少数精鋭部隊のみ。溝口《みぞぐち》社長、プロデューサーとして俺、ディレクターは涼花《すずか》に頼んである」

間宮《まみや》涼花さんはいくつかの番組のディレクターをしている女性。俺は最初の挨拶をしたくらいしか関わり合いがない。

「あとはADのお前らと、編集がふたり。司会は涼花ともうひとり、男性アナウンサーに頼むつもりだ。以上のメンツで世の中をあっと驚かせる番組を作っていく」

ぐるぐると頭のなかが回っている。まだ冗談なのかとも思えるけれど、さっき見た映像は実際のものだ。これだけのメンバーでそんな大がかりな番組が作れるのだろうか。

「さあ、どうする？　やるのかやらないのか。決めるのはお前だ」

耳元でささやく山本さんの息は、タバコの臭いがした。

アパートの部屋に戻るのはたいてい六時すぎ。

ほとんど残業がなく、奈良ケーブルテレビはホワイトな会社だと思っていた。

――今日までは。

最近はスーツでなくTシャツにジーパンで出勤するようになった。

リビングのソファに体を横たえるとテレビをつける。

俺たち社員は、自宅で自社番組の視聴を禁じられている。見たいなら目と鼻の先にある会社で見るように厳命されているし、家に帰ってから仕事モードにならないための施策だと言われている。

「参ったな……」

見るでもなく眺める画面では、メジャーなタレントたちがクイズに答えている。

山本さんの提案に同意をした今もまだ疑問が消えない。

そうだ、と体を起こしスマホのメモアプリを呼び出す。覚えているうちに言われたことをメモしておこう。

①　コンタクトレンズをつけると、映像と音声がリアルタイムで送られてくる
②　池峰高校の関係者全員がコンタクトをつけた場合は、負荷を回避するために映像は一度サーバーに送られ整理される。十分後に会社に映像が届く

③『潜入！　リアリティスクール』という番組で、毎シーズンごとにひとりの主人公を選び、その生徒の日常を追っていく
④生徒同士は番組のことを口にしてはいけない（した場合は退学と授業料などの返還）＝同意済み
⑤主役に選ばれた生徒、脇役にあたる数名には出演料が支払われる
⑥コンタクトの機能＝4K、リアルサウンド、揺れ自動補正、まばたき修正機能、音声修正機能、モザイク機能、GPS、視力補正
⑦一度装着すれば就寝時でも取り外さなくてもいい＝専用目薬あり
⑧トイレなどのプライベート空間に入るとカメラは自動オフになる
⑨学校を出ればカメラはオフになる（必要時は撮影もありえる）
⑩ゴールデンウィーク明けに生徒に説明。装着後、録画と編集開始
⑪六月六日から、毎週日曜日夜七時から放送予定
⑫第一シーズンは八月末まで放送↓第二シーズンまでは制作決定。以後のシーズンは視聴率次第

……なんだこれ。自分で書いておいて馬鹿らしくなる。
体を起こし、洗面所の鏡に顔を近づけた。

山本さんの目の前でコンタクトレンズをつけたけれど、たしかに違和感はなくつけていることすら忘れそうだ。時代の進歩に驚くばかり。しかも、こんな片田舎のケーブルテレビがそれを実践しようとしているなんて。

予備のコンタクトカメラと専用の目薬まで支給された。これを高校生全員がつけるとなると、相当な予算が計上されているはずだ。

「国家機密くらいのレベルだろ、これ……」

冷蔵庫からコーラを取り出して一気に飲むと、炭酸が喉にからい。

ジンとした痛みが頭に生まれた。片頭痛には昔から悩まされている。

床に座り静かに深呼吸をし、波が治まるのを待っていると、ソファに置き去りにしたスマホからバッハのメヌエットが流れた。このメロディを聞くといつだって気持ちはふっと柔らかくなる。

画面には【二葉】と表示されている。

こめかみに当てていた指を離し、通話ボタンを押した。

『お兄ちゃん』

二葉の声に顔がゆるむ。

「うん。どう、体調は？」

ソファに腰をおろすと、『ふふ』と笑う声がまるい。

『そればっかり。最近はもう平気だよ』

週に数回の通話が、理不尽な毎日を救ってくれている。

二葉は地元よりも、こっちへ来るほうへ気持ちが傾いているらしく、『早くお兄ちゃんと一緒に住みたい』なんて言ってくれている。

シスコンと呼ばれたって構わない。

『もう会社は慣れた？　怖い上司さんは平気？』

「すっかり慣れたよ。今日、新しい番組を一緒に作ろうって言われたんだよ」

『え、それってすごい！』

まるで自分のことのように喜ぶ声に目を閉じた。

『新人のお兄ちゃんを抜擢《ばってき》してくれたんだよ。それってすごいことだよ』

二葉が言うこともたしかだ。

……明日、山本さんに謝ろう。本気で番組制作に関わることを伝えよう。

こんなふうに思えるのも二葉がいるからだ。

『明日、お父さんとお母さんと美術館に行くんだ』

「そっか。楽しんできてな」

『お兄ちゃんこそ頭痛はどうなの？』

言われて思い出す。さっきまであった痛みはどこかへ飛んで行ったみたい。

「大丈夫だよ」

俺の言葉に二葉はホッとした声で『よかったー』と言い、通話を終えた。

電話のあとは、いつも幸福感に包まれる。そのあとは二葉をいじめたやつらへの怒りの感情が再沸騰。

決まって思い出すのは、『最後の正義感だけは強いんだよなあ』という須田先生の言葉。今ならわかる。須田先生はこう言いたかったんだ。

『途中は見て見ぬフリをしたくせに、最後だけは正義をかざすのか』って。

あと出しジャンケンは、昔から得意だったのかもしれない。幸せ、怒り、後悔は時間ごとにぐるぐると俺の感情を揺さぶるようだ。

また電話が鳴る。今度は普通の着信音だが、表示されている名前に胸が躍った。

「樋口です」

ビジネスライクに電話に出ると、

『お疲れ様です。時間外にごめんなさい。習志野です』

と柔らかい声が聞こえた。習志野さんからの電話は仕事の連絡でしょっちゅうあったが、時間外にかかってきたのははじめてのことだった。

「お疲れ様です」

久しぶりの感情に顔がにやけそうになるのをこらえる。

『あの……ちょっといいかな？』

「はい」

『山本さんから聞いたんだよね。あの新しい番組のこと……』

「習志野さんも誘われているんですよね？」

『うん……』

言い淀《よど》むように言葉を区切るのが彼女らしくないと思った。

「どうかしましたか？」

尋ねる俺に、習志野さんはすうと息を吸った。

『実は、返事を保留にしているの。ここだけの話にしておいてほしいんだけど、あんな番組って許されると思う？』

ごくりと唾を飲みこむ。コーラを飲み干したときよりも息苦しい気がする。

『池峰高校をうちの会社が経営しているのは知ってたよ。でも、人間観察をするみたいな番組っておかしいよ。個人の尊厳を冒していると思わない？』

早口でそう言う習志野さんの不安はよくわかる。

二葉の電話がなければ俺も同意していたと思う。

でも、今は違う。俺には二葉を高校に行かせる目標がある。

「習志野さん、考え過ぎですよ」

わざと笑ってみせると、習志野さんは黙りこくった。

「池峰高校の関係者はみんな了解しているんですよね。代わりに授業料とかも出してもらえてるわけですし。需要と供給だと思うんです。もしくはＷｉｎ－Ｗｉｎな関係」

『うん……』

「俺はやりますよ。世間をあっと驚かせる番組に参加できるんですから」

言い切る俺に、習志野さんは『ふ』とひと文字で笑った。

『壱羽くんは社長になるんだもんね。やっぱりあたしも考え過ぎかな』

「絶対にいい番組になりますって」

『わかった。明日、ちゃんと返事するね。なんだかホッとしちゃった』

電話を終えるとこれまでに感じたことのない幸福感に包まれている自分に気づく。食事にでも誘えばよかったかな。いや、いくらなんでもまだ早すぎるはず。まずは目の前の仕事に集中しなくちゃ。仕事がうまくいったなら、堂々と誘えばいい。いろんなことは『潜入！　リアリティスクール』の成功にかかっているんだ。

もう一本コーラを飲むと、炭酸は軽やかに喉をすり抜けていった。

番組の裏に隠された恐ろしい真実を、そのときの俺はまだ知る由もなかった。

第二章　金のエンゼル——一ノ瀬美姫

「以上が、来月からはじまる『潜入！　リアリティスクール』の説明となります。質問については担任の先生へお願いします」

体育館の檀上で説明をしていた男性が背後のスクリーンを指さすと、画面が切り替わった。黄色い背景に赤文字で『潜入！』、青文字で『リアリティスクール』と書かれたロゴが表示された。

長い時間をかけ説明された新番組が、急に現実味を帯びた気がした。座る生徒たちからも歓声があがっている。

「番組の成功は皆さんの協力にかかっています。コンタクトカメラを装着したあとは、先ほど述べた注意事項を厳守してください。守れなかった場合の対処につきまして、当社は責任を負えません。よろしくお願いいたします」

画面が切り替わり、最初のパワーポイントに戻った。

『潜入！　リアリティスクール』企画概要
株式会社　奈良ケーブルテレビ
チーフプロデューサー　山本　徹

壇上の山本という男性の印象は、あまり良いとは言えない。丁寧な言葉とは裏腹な雰囲気が説明の最中に見え隠れしていた。それは表情にも、言葉にも、態度にも。

小学校の帰り道に通っていた駄菓子屋のご主人に似ている。いつもレジでニコニコしている奥さんと違い、たまに店に立つ初老の主人は、レジを打つときもお釣りを返すときも怒っているみたいに眉間のシワが深かった。お釣りを返すときの指先や、『ありがとう』の『う』に、見下されているような気持ちになったっけ……。

そんなことを思い出していると、前に座る花音《かのん》がふり向いた。

「ねぇ、美姫《みき》。あの人、どう思う？　あたしは好きじゃないなー」

長い黒髪が体育館に差しこむ光を反射してキラキラ、サラサラ揺らいだ。

「しっ。聞こえちゃう」

小声で注意する。自分だって同じようなこと考えていたくせに。

「美姫は臆病なんだから」

おかしそうに笑い前を向く。うしろ姿だけでもモデルみたいにスタイルがいい花音。身長もすらりと高く、胸も私より大きい。本人は気にしていないけれど、男子は花音のほうばかり見ている。

一方私は、成長するのは体重ばかり。ボブカットのせいで、男子からは〝こけし〟とからかわれることもあった。目の大きさだって、花音の半分くらいしかない。

壇上に視線を戻すと、マイクの前に立っていたのはスーツ姿の男女。女性のほうがマイクに顔を近づけた。

「こんにちは。奈良ケーブルテレビのアシスタントディレクターの習志野と申します。明日より、校内の撮影補助を担当します。コンタクトカメラでは補えない映像を撮影するためのものです。撮影は皆さんが装着されたコンタクトカメラにズーム機能がついているものをスタッフが装着して行います」

一旦言葉を区切った女性が私たちを見渡す。目が合ったような気がして思わず逸《そ》らせてしまった。

習志野さんは若く、きっと私と同じくらいの身長。なのに体の線は細い。栗色に染めた髪がよく似合っている。

人と比べなきゃいいのに、とわかっているのにしてしまうんだよね。

「先ほどの説明にもありましたように、コンタクトカメラ装着後、番組について語ることは禁止されています。私たちを見かけても、けして話しかけたり質問をしたりしないようにしてください。挨拶も不要です」

はっきりした口調でそう言う。見かけによらず体育会系なのかもしれない。隣の男性にマイクを譲ると同時にざわざわと生徒たちが騒ぎ出す。

壇上の男性はかちこちに緊張している。真っ赤な顔で視線は宙をまっすぐ凝視していて、なかなか話し出さない。

習志野さんがなにか男性に言うと、

「は、はい!」

びっくりするほど大きな声を出したから、どっと笑い声が起きた。

「すみません。あの、樋口です。樋口壱羽です。俺も……あ、僕も担当させてもらいます。よろしくお願いいたします!」

大きすぎる声にハウリングするマイク。生まれた拍手が生徒全体に広がっていく。ずっと続いていた緊張が解けたような気がした。

律儀にお辞儀をして壇上から降りる樋口さんのあと、校長先生が壇上に立った。なんていう名前なのか、いまだろう覚えた。

先生たちが「静かに！」と口々に注意し、ざわめきの波を消していく。

「我が校は開校して以来、逆指名入試を行ってきました。それは奈良ケーブルテレビが経営していること、さらには皆さんに光るものがあったからにほかなりません」

いつもは話半分に聞いている校長先生の講話を、全員が口を閉ざし耳を傾けている。

「光るものはそれぞれ違うでしょう。スポーツであったり芸術であったり、一芸などさまざまです。当校は、秀でた輝きだけでなく個性という点にも注目して逆指名入試を行ってきました」

もう定年近いであろう校長先生がゆっくりと私たちを見渡した。

どの生徒も思い当たるところがあるのか、うなずいている頭もちらほら。

劣等感の塊を投げつけられた気分なのは、私くらいだろうな……。

「番組の主役が誰なのか、私もまだ知りません。誰が選ばれようと、皆さん全員が出演者であることは変わりないでしょう。くれぐれも注意事項を守り、番組を成功させましょう！」

校長先生の話のあとに拍手が起きたのは、入学してはじめてのことだった。

トイレに寄ってから教室に戻ると、クラスメイトはリアリティスクールの話で盛りあがっていた。盛りあがるどころじゃない、大騒ぎだ。

二十人しかいないクラスなのに、いつもの何倍もの会話が生まれ、宙をぐるぐる回っているみたい。クラス替えをしない方針なので、二年生になった今もクラスメイトは一年生のときと同じメンバー。

教壇でしゃべっているひときわ大きな女子グループ。真ん中にいる花音が、

「美姫、こっち！」

と手を挙げたので近づく。何人かが興味なさげな視線を向けるのがわかる。

花音の引っつき虫みたいだって思われているんだろうな……。花音と一緒にいる時間は楽しいのに、そこに誰かが加わると息苦しくなってしまう。

「どこまで話したっけ？」

ひとつに結った髪先を触りながら吉野《よしの》さんが言った。まるで私が来たことでテンションを下げたかのような言いかただ。

「主役に選ばれたら、って話でしょ」

誰かの助け舟に吉野さんが「そうそう！」とうなずく。

「ケーブルテレビで主役をやれるわけでしょう。それってすごくない」

吉野さんは、中学生のときテニスの全国大会で三位になったことがあると聞く。ま

だ五月だというのにすでに肌はあめ色に焼けている。

純粋に、いいなと思う。そういうの、私にはなんにもない。だから劣等感を持ってしまうんだろうな。誰かと比べれば、自分の劣る部分ばかりが見えてしまう。

吉野さんが、周りに同意を求めるように顔を巡らせた。

「きっと花音が主役だよね」

「なんであたしなのさ」

「だって画面映えするのっていったら花音くらいじゃない。ね？」

再度の同意の催促に一斉にうなずく女子たち。私もそう思う。

「やめてよね。正直に言うと、こういう番組嫌いなんだよ。でもあたしたちに拒否権はないんだよね？」

私を見てくる花音。少し遅れてうなずく。

「たしか面接のときに約束したよね。撮影に協力することが入学の条件だって……」

「だよねー。授業料免除の代償が個人情報の放棄だなんてね。軽く考えてたわ」

あっけらかんと言う花音は、男子からも女子からも人気だ。実際、芸能事務所からのスカウトがあったけれど、それを断りこの高校に進学したと聞いたことがある。

花音がこの高校に逆指名されたのは、容姿が優れているからだろう。

一年生のときも奈良ケーブルテレビの番組に何度か出演していた。寮の食堂にある大きなテレビでみんなで見た。画面のなかの花音は、あまりにもかわいくて、ネットでも噂《うわさ》になったそうだ。

「これからどういう流れだっけ?」

誰かの質問に吉野さんが「えっとね」と資料に目を落とした。

「改めて親の許可を学校がとるみたい。来週コンタクトカメラが配られて撮影開始。あ、そっか。装着してからはこういう話も禁止されてるのか。違反したら退学なんでしょ。そりゃ守るしかないよね」

嘆く吉野さんに花音がクスクス笑った。

「一番心配なのはヨッシーだけどね」

「なによひどい! 私こう見えても口が堅いことで有名なんだからね」

ひゃーと騒ぐなかで私も笑っている。

はたから見れば仲の良いグループに見えるんだろうな。

窓側、うしろの席に橘《たちばな》くんが座っている。たまたま目に入ったという感じで見て、そのまま視線が離せなくなるのはいつものこと。

窓からの春風に茶色い髪が揺れている。薄い唇が開き、前の席の小山《こやま》くんになにか言っている。

あ、笑った。おかしそうにくしゃくしゃにして笑う顔が好きだった。まるで磁石に吸い寄せられたみたいに、橘くんを見てしまう。

「でも美姫が主役ってこともあるよ」

花音の声にハッと我に返った。みんなの視線が集まっている。

「まさか。一ノ瀬《いちのせ》さんが主役なんてありえないし」

私よりも先に吉野さんが言い、すぐ「あ、そうじゃなくって……」と口ごもる。

「ううん、本当にありえないと思うよ。私より、花音や吉野さんのほうが見ている人が応援したくなるもん」

そう言うと、吉野さんはホッとした顔になった。

「あたしは美姫が画面に映るの見てみたいけどなー」

腕に絡みつく花音。入学して以来、花音がそばにいてくれたからクラスのみんなとも話ができている。中学時代はほとんど友達と呼べる人がいなかった私にとって、奇跡のような日々が続いている。

どうして花音は私なんかと友達でいてくれているのか。クラスが同じで寮の部屋が隣同士だからかな、だからだろう、だからだ。

簡単に出るマイナスな答えを見ないフリで、誰かの話に私はまた笑う。

学校まで徒歩五分。これほど魅力的な環境はそうそうないだろう、と入学前は思っていた。玄関を開けてちょっと歩けば教室なんて、朝が弱い私には最適だ、と。けれど人は慣れていく生き物らしく、最近は物足りなさも感じている。

「あー、退屈」

私たちがコンビニと呼んでいる小さなスーパーでお菓子を選んでいると、隣で花音がぼやいた。口癖になりつつある言葉に思わず笑ってしまう。いつだって花音は私が考えていることを先に言葉にしてくれる。こんなに見た目は違うのに、思考が一緒なのがうれしい。

チョコボールの箱をふたつ手に載せ「どっちがいい？」と見せた。

花音はじっと左右の箱を見比べ、

「金のエンゼルはこっち」

と右側を指さした。艶のある爪がLEDにきらめく。

花音が言うなら本当に金のエンゼルが出そうな気になる。とはいえ、この一年ちょっとの間で、金はおろか、銀のエンゼルすら当てたことはないけれど。

「なにか買わないの？」

尋ねる私に花音は「ダイエット」の五文字で返事をした。これ以上やせる必要なんてないのに、最近の花音は食事量を極端に減らしている。

手のひらのチョコボールに描かれたキャラクターが「お前もやせろよ」と呆れた顔をしている気がした。

「そっか、私もやめておこっと」

棚に戻そうとする手を花音が止めた。

「尚人《なおと》のタイプってスリムな子なんだってさ。連休中に電話してるときにさらっとそんなこと言うんだよ」

ことさら明るく言ったあと、花音の横顔が翳《かげ》る。まただ、と思った。

入学以来ずっと橘くんに恋をしている花音は、彼について話をするときにこんな表情になる。

テニス部のエースでクラスでも人気者の橘くん。

笑うと目がカモメみたいにカーブを描く橘くん。

スマホが嫌いでSNSの類は一切しない橘くん。

親友が一生に一度の恋だと豪語している橘くん。

私とは滅多に話をしない橘くん。

「へー、そうなんだね。恋って大変だ」

おどけてみせると花音はぶすっと膨れた顔をする。

美人はいいな。なにをしても様になるから。

……ダメ。マイナスな感情が最近は大きくなっている。花音にだけは絶対に嫌な気持ちは持たないと決めているのに。

「尚人ってさ、ひどいんだよ。あたしの気持ち、気づいてないのかなぁ」

「うーん、どうだろ」

夜食用のカップラーメンを選びながら答える。なんでもないフリで。なんでもない顔で。

「あたしさ……告白しようと思ってる。それくらい本気なの」

「知ってるよ」

最初からずっと、そんなこと知ってるよ。だから聞きたくないんだよ。今だって興味がなさそうな顔しているのがわからないの？

鈍感さが人を傷つけることもあることを、恋に傾く彼女は知らない。

私が同じ人を好きだなんて、疑ってもいないんだね。

会計をして外に出ると空が広かった。同じ奈良県とはいえども、実家のある奈良市とはずいぶん景色が違う。ここから見えるのは空と幾重にも重なる山だけ。

花音の長い髪が風を受けて躍る。池峰高校には制服はあるものの、校則は緩めで髪の長さや色などは個人に任されている。花音は入学以来ずっとロングの黒髪を維持している。

それが花音を大人っぽく見せているんだろうな。

「そもそもさ、この村って田舎すぎるよ。下南山村の端っこも端っこだし、こんな山の上にあるし、カラオケすらないんだよ」

ぼやきを再開させる花音に、

「だね」

とうなずく。花音の実家は神奈川県にあるらしい。行ったことはないけれど、話から想像するに都会のイメージ。

かたやここは、地図で言うと奈良県の右下に位置する村。村と言ってもずいぶん広い面積を有する下南山村だけど、学校のある場所は僻地《へきち》に当たる山頂なわけで。

山を下っても、中心地まではバスを乗らなくてはとても行けない。

「それにしてもさ、また明日も健康診断っていくらなんでも多すぎない？」

「ああ、NC機器が精密検査の機械を作っているから、そのテストも兼ねてるって言ってたね」

よくわからないけれど提携を結んでいるらしく、花音の言うとおりやたら健康診断ばかり受けている。

「あ、終わったみたい」

花音の声に左を見ると、NC機器の建物から自動車が連なって出て来る。勤務が終わる夕刻に見られる光景だ。信号すらないので、すいすい目の前を流れていく。

「ああ言いながらもヨッシーさ、自分が主役に選ばれるって期待してたよね」

寮に向かいながら花音がおかしそうに笑った。

「私は花音が主役ならうれしいけど、そしたらちょっと困るな」

「なんで美姫が困るの？」

不思議そうな花音に「だって」と続ける。

「花音の視線がカメラになるって考えてみて。今だって、テレビの画面には私が映っちゃってることになるもん。恥ずかしいよ」

「あ、そっかー。逆に言えば主役になった人はあんまり映らないのか」

「でも、校内にもカメラがあるって言ってたし、習志野さんと樋口さんのカメラもあるから、どっちにしても映っちゃうのかも……。花音はさ、奈良ケーブルテレビにも何度か出てるよね？」

「入学のときの条件だったからね。今日の綾さん……習志野さんが担当している番組にも出たことがあるよ。といっても見てないけど。昔からテレビ見ないんだ」

習志野さんと知り合いなんだ。だったら……。

足を止めると、数歩進んで花音が不思議そうにふり返った。

「なんとかうちのクラスの人が選ばれないように頼めない？　どうしてもテレビに映りたくないの」

「どうして？」

「だって……」

肩にかけた通学バッグの柄をぎゅっと握りしめた。

「私なんかがテレビに映ったら、見ている人は呆れちゃう。太っているし、目も小さいし、名前にすら完敗してるし」

「あたしは一ノ瀬美姫って名前好きだけどな」

「そうじゃなくってさ……」

花音にはわからない。どんなにこの名前のせいでバカにされたか。両親やＤＮＡすら憎んだことがある。

「もう、美姫かわいいんだから」

ギュッと抱きしめる花音からいいにおいがした。

「美姫は気にし過ぎなの。それに奈良のケーブルテレビだよ？　何人の人が見てるかわかんないレベルのテレビ局なんだから深く考えないこと」

「……でも」

「どっちにしてもこの話題は放送がはじまっちゃったら誰にもできないんだよ。ネットで調べない限り、視聴者の意見なんて耳に入らないんだから。もしもあたしが主役に選ばれたら、期間中は無視してあげるから」

体を離して頭をぽんぽんと軽くたたかれた。

「無視は困る」

「じゃあ、この話題は終わり。美姫はもっと自分に自信を――」

途中で言葉を止めた花音の視線が私のうしろにある。

「よお」

歩いてきたのは、橘くんと小山くんだった。ふいに花音が口角を意識してあげるのがわかった。

「なんだ、尚人か」

「その言いかたはねーだろ」

「だっていつもより早いから。部活はもう終わったの？」

自然にふたりが前を歩き出し、私は小山くんと並ぶ形になった。

「今日は夕飯の配膳担当だから切りあげてきた」

「ふうん。尚人って案外マジメなんだね」

「うるせー」

弾む会話を耳にしながら歩く。傾く夕日にふたりの影は長く、ひとつに重なっている。

左を見るとスーパーの袋を抱える小山くんと目が合った。男子にしては低めの身長だけど体重は『縁起がいい八十八キロ』とよく言っている小山くんは、本当はラグビー部に入りたかったらしい。が、うちの高校にラグビー部はない。

「これ、夜食用の冷凍食品。今日セールやってたからさ。成長期で困っちゃうよ」

ニコニコと笑う小山くんとは教室でもたまに話をする。持ちあげた袋のなかにチョコボールのパッケージが見えた。

男子寮の前で別れるときも、橘くんは私を見なかった。挨拶もない。

彼の前で、私は透明人間みたい。

見えない、話さない、触れない。

今夜も寝る前に考えこんでしまうんだろうな。

部屋に戻ってチョコボールを開けたら、やっぱり金のエンゼルマークはいなかった。

六月四日、臨時の全校集会が行われた。コンタクトカメラを装着してから何度目の全校集会だろう。

回を重ねるごとに停学者が増え、楽観的だった私たちから言葉を奪っていった。

今日も、三年生で三人の停学が発表され、彼らが交わした会話がスクリーンに何度も映された。

『俺が主役だったらどうする？』

『ありえねーし。主役を張れるのは俺のほうだろ』

『ないない。てか、同意したとはいえ無茶苦茶だよな。どーせ誰も見ない番組なんてやめればいいのに』

ケラケラ笑う男子生徒、それぞれの視点にカメラは切り替わっていく。まるで自分がその場にいるような感覚になる。

「一週間の停学で済んで幸運だと思ってほしい。皆さんも十分気をつけるように」

校長先生の言葉は厳しく、今後は規則どおりにおこなうことを告げた。つまり、退学処分になるということだ。

しんとした空気が体育館を支配していた。何人かの生徒が私たちのクラスの列をチラチラ見ている。

今、この瞬間も主役に選ばれた人のカメラはこの場面を映している。そして、私たちのクラスの誰かが主役であることは間違いない。

理由は明白だった。習志野さんと樋口さんがこの数日、私たちのクラスに貼りついていたからだ。

あの山本というプロデューサーが壇上に立った。カメラに映ることを意識してか、今日はスーツ姿だ。

「いよいよ放映が始まります。これまでいただいた質問について回答します」

怒ったような声で言う。

「まず、学校外での撮影をすることになりました。収録時間は、寮生については朝の八時から夕方、寮の建物に入るまでです。ただし、撮影は二十四時間続きます。寮内においても番組の話は一切しないように。破った場合は処罰の対象となります」

ざわっとした声にかぶせるように山本さんは続けた。

「転校の希望者が何名か出ており受理したそうです。今後、彼らの肖像権は守られます。実際の放送で映る場面についてはモザイク処理をおこなっています」

私のクラスでもひとり転校していった子がいる。もういない顔を思い浮かべさみしくなった。

「実家から通っている生徒については、池峰の地区を抜けたあとの撮影はおこないません。また、目が乾いたり違和感がある場合は、スペアのコンタクトカメラを使用してください。専用の目薬も常に持参してください。カメラを装着しない時間が長いと不正扱いとなります」

そっとまぶたを押さえる。コンタクトカメラは目に入れても違和感がなく、存在自体を忘れてしまうほどだった。

撮影が続いていたことや、本当に番組が始まることに驚きながらも、自分が主役じゃない自信はあった。

逆指名での最終面接の日、やさしそうな面接官が言った言葉を今も覚えている。

『あなたのお父様に感謝をしています。これからは安心して当校で過ごせますよ』

そこでやっとわかった。

お父さんが経営している会社がこの学校に寄付をしているのだろう。不快でもなんでもなく、なぜ自分に逆指名がきたのかがわかりホッとした。

学校に寄付をしている家の子供が主役に選ばれることなんてきっとないはず。目立つことが嫌いな性格を両親は理解しているだろうから。

誰も口にしないけれど、主役に選ばれるのは花音だと思っているのだろう。私は、もう少し遠い存在の人に主役になってほしい。

前のほうに座っている橘くんがふいにうしろをふり向いた。目が合うとすぐに逸らされる。私も視線を落とす。こんなことばっかりくり返している。

「苦しいな」

つぶやけば、もっと苦しくなる。

花音はまた一キロやせたそうだ。私はまだ、金のエンゼルを探し続けている。


六月六日、十九時前。

自室のテレビでは奈良ケーブルテレビは映らないため、たくさんの寮生が食堂に集まっていた。大型テレビの前を陣取っているのは三年生たちだ。

少数の生徒は見ないと決めているらしく、花音もそのひとり。

『興味がないし、もし見ちゃったら番組のこと口にしちゃうもん』

そんなことを言っていた。

テーブルが占領されているので、うしろの壁にもたれて時間になるのを待つ。

「一ノ瀬さんも見に来たんだ。やっぱり興味あるよね」

吉野さんが隣に並んだ。

「あ、うん」

「いよいよだね。おっと、なにが『いよいよ』かは言ってないよ。……大丈夫だよね、これ」

ひとりで慌てる吉野さんに「大丈夫だと思うよ」と伝えて周りを見渡す。

あ……。

テレビを見つめる生徒たちの群れから離れた窓際に習志野さんがいた。話をしたことはないけれど、最近は女子寮に姿を見せることも増えている。

番組に関する会話は禁止されているため、放送時間が近づくにつれ食堂は誰もいないみたいに静かになった。地方ニュースが終わり、いよいよ番組がはじまる。

習志野さんが私を見つめているような気がした。

□□ 潜入！ リアリティスクール □□

――タイトルロゴに続きBGM
「高校生のリアルを放送する『潜入！ リアリティスクール』。司会は奈良ケーブルテレビアナウンサー、工藤誠也《くどうせいや》です」

「間宮涼花です。この番組は、高校生にコンタクトレンズ型のカメラを装着してもらい、リアルな高校生活を視聴者のかたに体験してもらおうという番組です」

「いやぁ間宮さん。話だけ聞くとSF映画のようですね」

「私もはじめて話を伺ったときは驚きました。こちらの図をご覧ください」

――カメラ切り替え（コンタクトカメラの説明図）

「工藤さんも今、コンタクトカメラを装着されていますよね？」

「はい」

「では、ここで視聴者の皆さんに、工藤さんの見ている景色をご覧いただきたいと思います」

——工藤のコンタクトカメラに切り替え
「うわ、すごい！　まさしく僕の見ている景色ですよ。あー、もっと画像が揺れるかと思いましたが、けっこう安定してますね」

「この製品を使い、ひとりの主人公をシーズンごとに追いかけていくそうですよ。工藤さんは高校生のときの思い出ってありますか？」

「やはり、恋愛ですかね。僕、こう見えて奥手だったので、三年間ずーっと片想いしてたんですよ」

「そういう恋愛模様も見られるかもしれませんね」

「ワクワクします」

「最初の主人公がどんな高校生活を送っているのか、皆さんも体験してください」

——ＶＴＲ
学校の建物が映る。テロップに『５月６日』の文字。

『某県にある私立高校。この日は、臨時の全校集会がおこなわれていた』

ナレーションが流れるなか、校長先生の顔が映る。

「番組の主役が誰なのか、私もまだ知りません。誰が選ばれようと、皆さん全員が出演者であることは変わりないでしょう。くれぐれも注意事項を守り、番組を成功させましょう！」

拍手の音。いくつもの視点にカメラは切り替わる。

『番組の趣旨が説明されると、生徒からは歓喜の声があがった。さあ、いよいよ発表しよう。記念すべき第一シーズン、最初の主人公に選ばれたのはこの生徒だ！』

壇上からの視点。体育館に座る生徒たち。ひとりの女子にズームアップ。

ボブカットのふっくらした頬。前の席に座るロングの茶髪の女子が振り返る。

「あの人、どう思う？　あたしは好きじゃないなー」

話しかけた女子の視点に切り替え。主役の女子がアップで映る。

「しっ。聞こえちゃう」

慌てた様子で注意してから、気弱そうに視線をさまよわせる女子。

「美姫は臆病なんだから」

おかしそうに笑う髪の長い女子が前を向き、美姫の視線は床へ落ちる。

壇上からの映像に再度切り替わる。うつむく美姫の映像。

——場面転換

カメラは上ばきを映し出す。何人かの生徒が集まってる。美姫視点のカメラが発言するクラスメイトたちを映している。

「きっと花音が主役だよね」

髪をひとつに結んだ女子が興奮した様子で言う。

「やめてよね。正直に言うとあたし、こういう番組嫌いなんだよ。でもあたしたちに拒否権はないんだよね？」

花音と呼ばれた女子が美姫を見ると、画面が上下に一回動く。

「これからどういう流れだっけ？」

「来週コンタクトカメラが配られて撮影開始」

ひゃーと騒ぐみんなのなか、カメラは足元を映す。

「でも美姫が主役ってこともあるよ」

花音の声に、みんなの視線が集まっている。

「まさか。一ノ瀬さんが主役なんてありえないし」

と、最初に発言した女子が言う。ひどく冷酷な言葉。

「ううん、本当にありえないと思うよ。私より、花音や吉野さんのほうが見ている人が応援したくなるもん」

美姫の声。

「あたしは美姫が画面に映るの見てみたいけどなー」

腕に絡みつく花音の指先。

カメラが切り替わり、美姫がフレームの中央で静止画になる。

ファンファーレが鳴り響いたあとナレーターは叫ぶ。

『二年生の一ノ瀬美姫。君が第一シーズンの主役だ！』

＊

「え……」

頭が真っ白になった。

テレビ画面ではアナウンサーのふたりが楽し気に話をしている。

右下にはさっきの静止画の私が映ったまま。『一ノ瀬美姫』の文字が明朝体で表示されている。なにがどうなっているの……？

はあ、はあ。

無意識に息を止めていたみたい。胸に手を当て酸素を取りこむ。

今のは、なんなの……？　体中が熱く、背中に汗がにじんでいる。

私が主人公って……こんなの嘘だよね？

「なによ……」

低い声が隣から聞こえた。吉野さんがまっすぐに私を見ていた。

「今のなによ。まるで……私が悪者みたいじゃない」

吉野さんは「あっ」と、口元を押さえると駆け足で去っていってしまった。

たくさんの視線が向いていることにようやく気づいた。口に出してはいけないルールだから、誰も言えない。

好奇の目の向こう、習志野さんがじっと私を見つめている。

たくさんのカメラが私を……。


気がつくと私は自分の部屋にいた。

フローリングの床に座り、膝を抱えて目を閉じる。

あんなに暑かったのに、寒くてたまらない。震えが止まらない。

「私が主役……？」

テレビ画面に映し出された自分の顔を思い出す。毎日鏡で見ているそれよりも丸く、顔にあるパーツは想像よりも小さい。声だって頼りない弱さだった。

あれが本当に放送されたの？

親に連絡をしてみようか。いや、それは禁止事項だったはず。たとえ主人公であってもルールは同じだろう。退学になるのだけは避けたい。

転校？　今から？　学校を変わっても私が番組に出たことはバレているのに？

それに、今さら新しい高校に馴染《なじ》めるとは思えない。

手にしたスマホを手放し、膝の間に顔をうずめた。

明日からどうしよう。こんなことになるなんて思ってもいなかった。

トントンとノックの音がした。

「……はい」

のそのそと起きあがりドアを開けると花音が立っていた。

「明日の宿題だけどさ」と言いかけ、ぎょっとした顔に変わる。

「な、なにかあったの？」

その声が聞こえたとたん、一気に涙があふれた。

「なんにもない、よ……」

必死で首を振る。大切な友達にだけは迷惑をかけたくない。

いつものように花音が私を抱きしめてくれる。

「誰かになにか言われたの？」

くぐもった声に唇をギュッとかんだ。

「……ちょっと落ちこんでただけだよ」

「大丈夫」

涙まみれの顔を覗《のぞ》きこむように腰を折ると、ニッと笑みをくれた。

「ひとりじゃないよ、あたしがついてるからさ。美姫をいじめる人がいたらあたしがやっつけてやる」

違う、と首を横に振るけれど、テレビを見ていない花音には伝わらない。

だけど、「大丈夫」とくり返す言葉に、根拠もないのに安心してしまう。そう、花音の言葉はいつだって私にすっと届くんだ。

「ちょっとホームシックになっちゃっただけ」

鼻をすすって涙を止めた。花音に心配をかけたくない。いくら言わないようにしていても、そのうちきっと情報は伝わるだろうから。

「花音のおかげで元気になったよ」

「よくできました。じゃあ、これご褒美ね」

花音が、紙の小箱を手渡してくれた。カラカラと中身が転がる音。

「チョコボールだ」

「金のエンゼルが出るまでは、ね？」

何度もうなずく私の頭をぽんぽんと叩いて、花音は部屋に戻って行った。

中学の友達からの着信やメールは来ていたけれど、気づかないフリをした。

「おはよう!」

「一ノ瀬さんおはよう!」

「今日もよろしくね」

教室に入ると、そこに昨日までのクラスメイトはいなかった。誰もが笑顔で私に声をかけてくる。今まで一度たりともなかった光景に逃げるように席につく。

「なによあれ」

花音が尋ねてくるけれど、あいまいに答えることしかできない。窓際の席で橘くんと小山くんも首をひねっている。きっと、ふたりも番組を見ていないのだろう。

椅子に座っていてもたくさんの視線を感じる。教室の入口には他のクラスの子まで見にきている。まるで動物園の檻《おり》のなかにいるみたい。

これじゃあ、番組を見ていない生徒にもあっという間に知れ渡ってしまうだろう。

チャイムの音が鳴るとうしろの子が、

「一ノ瀬さん、宿題でわからないところがあるんだけど」

と話しかけてきた。その顔は緊張していて、私の視線を求めている。

そういうことか、と理解する。みんな、テレビに映りたいから私に話しかけているんだ……。

――ジジ　ゴトン

マイクの音がスピーカーから聞こえた。開きかけたノートを閉じて前を向く。

「えー、どうもおはようございます」

聞き覚えのある男性の声がする。

「えー、えっと、奈良ケーブルテレビのほうから来ました。いや、えー」

要領の得ない話しかたに、彼が樋口さんだとわかった。番組のアシスタントディレクターだという若い男性だ。

「皆さんにお知らせがあります。良い番組を作るには、皆さんひとりひとりが演者になってもらわなくっちゃいけません。……え、なんですか?」

彼のうしろで女性の声が聞こえる。きっと習志野さんだ。

「あーなるほど。……すみません。演者というのは、演じる役者のことです。俺らの……私たちの作っている番組はリアリティが――」

「すみません。代わります」

習志野さんの声がした。うしろで「なんでだよ」とぼやく声がして、クラスに笑い声が起きた。

「改めて番組についての注意事項を申しあげます。視聴者は皆さんのリアルを求めています。そのために番組のことを口にしないというルールを決めました。しかし、残念ながら昨日の放送後、何名かがＬＩＮＥなどで番組についてやり取りをしていることが発覚しました。今朝も、不自然な行動はしていませんか？」

まだ、いくつもの視線を感じる。ひどくみじめで情けない。

「申し訳ないのですが、来週から皆さんは番組をご覧いただけません」

ざわ、と空気が動く。

「実家から通われているかたも同様です。家族の協力のもと、視聴を一時的にできないようにしました。また、主人公の変更についても検討しております」

え……。顔をあげスピーカーを見る。今、変更って言ったよね？

「ネットで番組を検索するのも禁止です。いいですか、皆さんの見たものは、コンタクトカメラを通じて記録されているんです。厳しいようですが、番組がこの学校の経営問題にも関わっていることを、今一度自覚してください」

もう誰も笑っていなかった。しんとした教室に習志野さんのとどめのひと言が響く。

「本日づけで、六名の退学者が出ました」

悲鳴のようなざわめきが響くなか、放送は終了した。

数日後には、ぎこちないながらも日常が戻っていた。教室に見に来る人もいなくなったし、挨拶もいつものメンバーと交わすだけ。

これまでと同じ、集団のなかの目立たない私に戻れた気がする。

ふう、とため息をつきトイレから戻る。

放課後、みんながいなくなるまでトイレに隠れることが日課になっている。

それもあと少しだろう。主役が変更になればこんなこともしなくて済む。

そもそも私なんかを主役にしたのが間違いなんだよ。ひょっとしたら視聴者からクレームが入ったのかも。それはそれで傷つくが、世間にさらされるよりはマシだ。

とはいえ、変更を検討しているということは、逆に言えば『まだ変更していない』ということ。しばらくは気をつけなくっちゃ……。

うしろの扉から教室に入ると、夕焼けのオレンジ色が満たしていた。机と椅子が影絵のように黒く沈んでいる。

「よお」

声をかけられて気づく。窓辺に橘くんが立っていたのだ。肩からカバンを下げる橘くんの表情はよく見えなかった。

突然すぎてフリーズしてしまう。同時に心臓が鼓動を大きくしている。

「あ……どうも」

頭を下げ、自分の席に荷物を足早に取りに行く。

「今から帰るとこ？」

うしろから聞こえる声に、バッとふり向く。私に聞いているんだ……。

「はい。そう、です」

上ずった声になってしまう私に、橘くんは「ふ」と口角をあげた。

「俺は部活を早退して帰るとこ。ちょっと調子悪くってさ」

「え、具合が悪いの？」

思わず尋ねてしまったあと、視線をうつむかせた。足音が聞こえ、視界に橘くんの上ばきが見えた。思ったより大きいサイズの上ばきを見て、また頰が熱くなる。

「肩の調子がイマイチなだけ。心配してくれるなんて、美姫さんてやさしいんだな」

「み、美姫……」

名前で呼ばれたことに驚きすぎてくり返してしまった。そんな私に橘くんは目を線にして笑う。ああ、私がいちばん好きな笑顔だ。

入学してから、こんなに近くで見たことがない……。

「ごめん。花音がそう呼んでるから」

「あ、いいの。名前でぜんぜん、いい……から」

絶対に顔が真っ赤になっている。夕日が教室を染めてくれていることに感謝しながら勇気を出して橘くんを見た。

窓が閉まっているのに柔らかい髪が揺れたような気がした。

「なんか最近さ、みんなヘンだったよな。あれってなんで？」

「……わかんない」

やっぱり番組を見ていないんだ。そういうところも橘くんらしい。

「そっか。ほら、口には出せないけど最近この学校いろいろおかしいからさ」

「だね」

「普通の高校生活送らせろよな、まったく」

この時間が永遠に続けばいいと願う。同時に、恥ずかしさのあまり逃げたい気持ちもあった。

まぶしそうに目を細めた橘くんが、「よかった」と言う。

首をかしげる私に、橘くんは鼻の頭をぽりぽりと掻《か》く。

「普通に話ができたから。なんかさ……俺、美姫さんに嫌われてる気がしてたんだ」

「え？　そ、そんなことないよ」

むしろ逆なの、と叫びそうになる口をぎゅっとつぐむ。

「気のせいならいいんだ。じゃ、またな」

軽く手を挙げ教室を出ていく橘くん。

私が「またね」と言ったときにはもう影すら残っていない。足音も消えた教室。

大きく深呼吸をする。橘くんとしゃべれた……。どうしよう、うれしすぎる。

まだ残るジンとする感動を忘れないように廊下に出た。

「一ノ瀬さん」

声に顔をあげたとき、まだ口の端に笑みが浮かんでいたと思う。

けれど、窓にもたれて立つ吉野さんに気がついて、そんなものは一瞬で消えた。

もう帰ったはずなのに、どうしているの？

「ちょっと話があるんだけど」

そう口にした吉野さんの瞳は、夕日で赤く燃えているようだった。


寮へ帰る道すがら、吉野さんは黙ったまま少し先を歩いていた。

話があると言ったのに、迷っているように私をチラッとふり返ったりもした。

NC機器から吐き出される車が渋滞している。少し先で事故があったらしく、パトカーのけたたましいサイレンが近づいて来る。

さっきまでの幸福感はどこかへ消え、不安をあおるような音が耳に痛い。

「おーい」

声のほうへ顔を向けると、一台の車から中年の男性が私に手を振っている。工場の制服を着ていてくわえタバコ。知らない人だ。

窓から顔を出す男性が、

「やっぱりそうや」

みたいなことを言った。

「君、こないだケーブルテレビに出てた子ちゃう?」

ビクッと体が震えた。

「美姫ちゃんやろ? すごいなあ、目がテレビカメラになってるってほんまなん?」

大きな口を開けて笑う男性に恐怖が這《は》いあがってくる。逃げようとする私の前に吉野さんが立ちはだかった。

「話があるの」

「あの、今はちょっと――」

脇をすり抜けようとする手が掴《つか》まれた。

「今、話をしたいの」

車を見ると、男性がスマホをこっちへ向けている。撮影されているんだ……。

うしろの車の窓が開き、同じようにスマホを持った手が見えた。

「待って。お願い、寮に戻ってから話を――」

「悪いって思ってないから」

握られた手に力がこめられ、思わず悲鳴が漏れた。

「この間言ったこと、全然悪いと思ってないから。その前にみんなで話していたときのことも同じ。だって、一ノ瀬さんずるいから」

「……ずるい？」

思ってもいない言葉だった。聞き返す私に吉野さんは薄く笑った。

「へぇ、自分でもその性格に気づいてないんだ？」

掴んでいた手が離れる。ずるい、ってどういうこと？

「おーい。こっちも見てくれや」

車からの声に顔をそむける私に、吉野さんは息を吐いた。

「花音を利用しないで」

「利用……。そんなの、してないよ」

「してる。花音の陰に隠れてばっかり。気弱なフリして守ってもらってばかりじゃん」

はっきりとそう言った吉野さんがキュッと唇をかんだ。まるで言いたくて言っているわけじゃないようにすら思えた。

そうだよ。こんなこと言う人じゃ……。

けれど、私のかすかな希望はすぐに打ち砕かれる。

「私、ずっと一ノ瀬さんのこと嫌いだったの。今回のことでもっと嫌いになった。どうしても、そのことを伝えたかったの」

踵《きびす》を返し去っていくうしろ姿を、私はただ見ていることしかできなかった。


寮の建物に入るころには日は暮れていた。

あれから脇道へ逃げ、無人の公園で時間をつぶした。不思議と涙は出なかった。

悲しみよりも、お腹《なか》のなかで生まれたのは怒りの感情だった。

思い返せば子供の頃からずっと存在していた感情。名前も見た目も声も、ぜんぶが嫌い。自分への怒りは、同時に周りにいる人たちへも向いていたと知った。

昔から両親には好かれていないと思って生きてきた。お父さんは仕事を起業して以来、お金で家族を満たしている。

この高校へ入れたのも、私を助けるという口実で、本当は醜い私のそばにいたくなかっただけ。お母さんは濃い化粧で口うるさい。

『おしゃれすればいいのに』『なんでそんなに食べるの？』『ダイエットしたら？』

大嫌いな中学までのクラスメイトたち。人間は誰もが他者をさげすんで、その優越感をエサに生きている。

じゃあ、さげすまれた人たちを誰が助けるの？

番組に出ても世界は変わらなかった。うわべだけのやさしさも、主役が替わると聞いたとたん煙のように消えた。いつまでたっても私はうとまれたまま。

傷ついた数だけ幸せになれるなんて嘘だ。現実は、かさぶたになる前にまた傷つけられて痛みを思い出すことばかり。

「みんな……嫌い」

乾いた声が夜に溶けていく。──だけど、花音がいるから。

花音だけは私を裏切ったりはしない。それに橘くんのやさしさを知ることができた。

息をつき帰路につく。ぼんやりしていたのだろう、すぐうしろに人がいるなんて気づかなかった。

「一ノ瀬さん」

低音の声が聞こえたと同時に、両肩をうしろから摑まれていた。視界の隅に見える手……男性？

ガタガタとおもしろいくらい震える体に悲鳴すら出ない。どうしよう、誰か助けて！

「そのまま聞いて」

マスクでもしているのか、くぐもった声。

「帰ったらこれを見てほしい。あ、視線はそのままで」

つーと汗が額を流れる。右手になにか固い物を握らされた。

肩に置かれた手が離れても、まだすぐそばに気配を感じる。

なんで、なんでこんなことばっかり起きるの？

怒りの感情が風船のように膨らむ。感情のままにバッとふり返ると、もうそこには誰の姿もなかった。

ゆっくりと右手を持ちあげる。

その手には、一枚のＤＶＤがあった。

・

□□　潜入！　リアリティスクール　□□

――タイトルロゴに続きＢＧＭ
「高校生のリアルを放送する『潜入！　リアリティスクール』。奈良ケーブルテレビアナウンサー、工藤誠也です」

「こんばんは、間宮涼花です。この番組は、高校生にコンタクトレンズ型のカメラを装着してもらい、リアルな日常を視聴者のかたに体験してもらおうという番組です」

「先週の初回放送について、たくさんのご意見やご感想をありがとうございます」

「メールをご紹介しますね。奈良市在住、『花音さん推しのJK』さんからです」

――メールの内容を画面に表示
『こんばんは、中学二年生の女子です。番組を見ましたが、あれは本当にほんとのことなんですか？　それともドラマですか？　クラスでも話題になっていて、花音さんがきれいだとみんな言っていました。花音さんについてもっと教えてください』

――スタジオ切り替え
「ああ、僕なんかわかります。花音さんって名前のとおり花があるんですよ。美人ではっきりと物を言うし、主人公の……美姫さん？　そう、一ノ瀬美姫さんですね。彼女にもすごくやさしいから感心しました」

「男性はすぐそういうことを言うから困るんですよ。たしかに花音さんはきれいですけれど、女子からしたら少し取っつきにくいイメージもあると思うんですよ」

「それはやっかみじゃないですか？」

「実際そういうメールもいただいてるんですよ。その点、美姫さんは控えめで性格の良さが現れていますよね」

「たしかにいい子そうだけど、いろいろ苦労してそうじゃないですか？　ほら、吉野さんにも嫌味言われてたし」

「実際の高校生活ってずいぶん昔のことだけど、なんか思い出しちゃいますね」

「それはありますね。目線がカメラそのものになっているからリアルですし」

「どんな展開になるのか楽しみです。あ、大事なこと言わないと」

「そうでした。皆さまにお伝えします。個人情報につきましては本人、保護者の了承を得ておりますのでご安心ください。詳しくはＨＰに掲載しております。また、初回放送を見逃したかたに朗報です。番組の再放送が決定いたしました」

「詳しくは番組の最後にお知らせいたします」

「今週からいよいよ主人公の目線を中心に物語が進行していきます。最後にはあっと驚く展開が待っていますよ」

――ＶＴＲ
「ヨッシーさ、自分が主役に選ばれるって期待してたよね」

画面で花音がおかしそうに笑っている。夕暮れのなか、ふたりは歩いている。

「私は花音が主役ならうれしいけど、そしたらちょっと困るな」

美姫の声に花音が首をかしげた。

「なんで美姫が困るの？」

「花音の視線がカメラになるって考えてみて。今だって、テレビの画面には私が映っちゃってることになるもん。恥ずかしいよ」

視点替わり、美姫の困った顔が映る。『実際に映っていますよ』のテロップ。

「私なんかがテレビに映ったら、見ている人は呆れちゃう。太っているし、目も小さいし、名前にすら完敗してるし」

「あたしは一ノ瀬美姫って名前好きだけどな」

「そうじゃなくってさ……」

「この話題は終わり。美姫はもっと自分に自信を――」

美姫の視線がうしろへ動く。橋と小山が画面に映ったところでスロー再生。

「よお」

橋が言う。花音が、「なんだ、尚人か」と声にした。

ふたりについていく美姫の視点。前を行くふたつの影が映る。

視線が左を歩く小山へ向く。

「これ、夜食用の冷凍食品。今日セールやってたからさ。成長期で困っちゃうよ」

――場面転換
体育館で壇上を見ている。ゆっくりと視点がさがり、橋と小山のあたりで止まる。

「苦しいな」

美姫の声。同時にテロップでも『苦しいな』とフェードインで表示。

悲しいBGMが流れ、美姫が膝を抱えて座る姿がいくつかの視点で映る。

――場面転換
たくさんの生徒が集まっている食堂。テロップに『6月6日　PM7：15』と表示。

テレビには美姫の顔が映し出されている。

「なによ……」

低い声に視点が横へ動く。吉野がまっすぐに美姫をにらんでいる。

「今のなによ。まるで……私が悪者みたいじゃない」

苦い顔の吉野の表情が白黒に変わる。

――BGM
『次回予告』の文字と同時に、出演者の顔が次々に映るなかナレーションが入る。

『怒りに震える吉野。果たして彼女はなにを怒っているのか。また、美姫は橘と小山、どちらに恋をしているのか？』

＊

「なにこれ……」

再生が終わると、メニュー画面に戻る。そこには、『潜入！　リアリティスクール
第二回　六月十三日放送分』という文字が表示されていた。
見知らぬ誰かに渡されたＤＶＤは来週放送分の番組だった。
「なんで……」
言いかけて口を閉じた。まだ撮影が続いているのかもしれない。
頭のなかで必死に考える。
ＤＶＤを渡したのは……男性。声を押し殺していたけれど、たぶん樋口さんだ。
私を心配して渡してくれたってこと？　いや、そんなはずはない。樋口さんだって
番組関係者だ。だとしたら、番組を盛りあげようとするためにしているはず。
これを参考に次回からの内容を考えろって？
……冗談じゃない。また怒りがお腹のなかでうごめきはじめた。
話が違う。これじゃあ次々回までは主役は私のままってことだ。
もう一度再生ボタンを押してみる。
改めて見るとわかる。ずっと橘くんばかりを目で追っているんだ。
放送ではうまく編集してあり、私が好きな人について明確にはしていない。でも、
あの日以降の私はどうだっただろう。
今日の夕方には橘くんと話ができた。きっとそれも素材として使われてしまう。

もう一度最初から見る。

花音が笑っている。誰が見ても美人でかわいい。艶やかな黒髪が揺れている。

誰もが花音を主役にするべきだと思うだろう。

花音の笑顔がアップになったところで一時停止ボタンを押した。ディスプレイにそっと人差し指を当ててみる。

「花音、かわいいな」

わざと言葉にした。

「大好き」

そんなの嘘だ、と思った。

花音がこの世からいなくなればいいのに。

花音さえいなくなればもっと幸せなのに。

私のなかで生まれたモンスターが、彼女が憎いと叫んでいる。

□□　**潜入！　リアリティスクール**　□□

――タイトルロゴに続きＢＧＭ

「奈良ケーブルテレビアナウンサー、工藤誠也です」

「こんばんは、間宮涼花です。三回目の放送となる今回から、よりリアルさを伝えるために生放送になりました。さらに時間も拡大して一時間番組になりました」

「これから楽しみですね」

「皆さんの応援のおかげです。それにしても工藤さん、先週の展開はすごかった。まさかの恋愛！」

「………」

「工藤さん？」

「あ、はい。……失礼しました」

「皆さーん、工藤さんは未《いま》だに花音さんに夢中のようです」

「いやいや、あのあとどうなるんだろう、って気になっちゃいまして」

「わかる。私もスタッフといつも予想し合ってるんですよ」

「ええ……」

「ちょっと大丈夫？　いくらなんでも緊張しすぎじゃないですか？」

「大丈夫です。早速ＶＴＲ見ましょうか」

「それが工藤さん、今回は見逃したかたのためにこれまでのダイジェストを放送することになったんです」

「じゃあ、今回は復習って感じですね」

――ＶＴＲ
先週分までのダイジェスト。

「今のなによ。まるで……私が悪者みたいじゃない」

吉野の言葉のあとナレーション。

『主役に選ばれた一ノ瀬美姫。けして美人とは言えない彼女が主役になることで巻き起こる愛憎劇。果たして美姫はどうなるのか？　彼女が好きな人は誰なのか？　主役交代は実行されるのか？　来週もお楽しみに』

＊

夕方、職員室。雨のにおいがこんなところまで侵食している。

先週から担任になった女性教師が椅子に座ったままで私を見ている。

若いのかおばさんなのかわからない年齢。一年生のころから国語の担当だったけれど、担任に昇格したらしい。苗字は山田、名前は知らない。

「遅くにごめんなさいね」

前置きをしてから山田先生はあたりを見渡した。こっちに注目していた他の教師たちがサッと顔を逸らす。

「あのね、最近学校に来てないことが多いでしょう。だから心配で」

「すみません。もう大丈夫です」

答える声がぼやけている。まるで気持ちが入らない。そんな毎日が続いていた。

番組はもう四回目を放送し、今日から七月になった。

「だったらいいけど……」

「斎藤《さいとう》先生はどうしたんですか？」

私の質問に山田先生はあからさまに狼狽《ろうばい》した顔になる。

「ちょっとご家庭の問題らしくて、退職されたの」

嘘をついている。

斎藤先生は担任の先生だった人。隠れて私の写真を撮っていたのを誰かが教えてくれた。きっとネットにアップでもしてクビになったのだろう。

動物園の檻のなかにいる気がしていたけれど、それは間違いだった。私は、モルモットだ。番組でおもしろおかしく取りあげられて、視聴者の餌食になる。

最近、高台の入口に頑丈な門が設置された。検問を受けないと、この村には入れなくなったそうだ。

ネットでは高校が特定され、門の向こうには見学者も多いと聞く。

帰り道は大渋滞で、車から罵声を浴びせられることも多くなった。「お前のせいだよ」とクラクションを鳴らされる。

両親は毎日電話をくれるけれど出られないまま。だけど、学校を辞めることもできない。

最初の説明では、主人公は時期ごとに替わると聞いた。あれから私は、橘くんを見ないようにしている。花音との会話も最小限にとどめている。

気づいたのは、こうしていれば嵐は収まるということ。学校に来ない私をいつまでも主人公にはしておかないだろう。

それに、花音を憎む感情を消したかった。

幸い、あの日感じた憎しみは小康状態に落ち着いている。

「一ノ瀬さん、聞いてる？」

顔をあげると、山田先生は心配そうな顔をしていた。これも嘘。私の目がカメラになっているからのやさしさなんだ。

「すみません。あの、なるべく学校に来られるようにがんばります」

まるで三文芝居だ。嘘には嘘で返すしかない。

樋口さんが前に言った『演者』という言葉が頭から離れない。この学校全体がひとつの番組を作っている。

演者がおもしろくなければ、主人公は替わる——。残されたたったひとつの希望にすがり、なるべく目立たないようにやり過ごしたい。

「あ、やっと来たわ」

山田先生が職員室の入口を見た。うつむき加減で近づいて来るのは吉野さんだった。

……どうして吉野さんが？

「なんの用ですか？」

私を見ようともせずに尋ねる吉野さん。あの日以来、彼女とは話をしていない。

「ふたりの仲が良くないって聞いたから、話を聞いてみようと思ったの」

「余計なお世話です」

切り捨てるように言う吉野さんに、山田先生の瞳が左右に揺れた。

「あ、あの……。でも担任として見過ごしておけないことなのよ。吉野さんだって、みんなの噂を聞いたでしょう？　一ノ瀬さんが学校に来られなくなったのは——」

「私のせいですよね。別に構いません」

吉野さんは肩をすくめた。雨が強くなったらしく、地面を打つ雨音が聞こえた。

「そんなわけにはいかないのよ」

「それって」と言いかけた吉野さんの横顔が笑った。

「誰かから指示されているのですか？　もしくは、自分自身が目立ちたいから？」

「ち、違います」

しんと静まる職員室に、激しい雨の音だけがしている。

「私、一ノ瀬さんをいじめていません。関わりたくないだけです。だからこういうふうに呼び出されると、また注目をされるから迷惑なんです」

言葉を失う山田先生に、吉野さんは薄く笑みを浮かべ頭を下げた。

「部活抜けてきているんです。もう放っておいてください」

最後まで吉野さんは私を見なかった。

教室に戻りながら、番組にネタをあげたことに気づく。

そう、誰もが敵なんだ。私に絡むことで利益を得ようとしている。

関わらない、と断言した吉野さんの選択は正しいのかもしれない。

階段の途中でふと足を止めた。あれは……気のせいだったのかな。

それは吉野さんの横顔。笑ったあと、一瞬だけ苦しそうに顔を歪めた気がした。

教室に戻ると花音がいた。とっくに帰ったと思っていたから少し驚いた。

「ごめんね。ほら、最近部屋に行ってもドア開けてくれないからさ」

私の荷物を手にした花音に「あ、ごめん……」と伝えた。部屋で居留守を使うことも増えていた。

「悩みごとがあるなら言ってほしいんだけどなー」

花音は番組の内容を知らないまま。本当だろうか？

なにもかも疑わしい。

「なんで学校にこないの？」

美しい瞳、美しい髪。雨の景色にさえも映える顔。

「美姫が悩んでいること、あたしにも教えてよ。はいプレゼント」

渡されたのはチョコボールの箱。どんなに探しても金のエンゼルは訪れない。

「……いらない」

「なに言ってるの」

笑いながら花音は私のカバンのサイドポケットに箱を押しこんだ。

「どうして……」

声が震える。番組のためになることはしたくない。ああ、私のなかのモンスターが暴れ出している。止めることなんてできないよ。

そもそも花音がいなければ、こんな劣等感を抱くこともなかったのに。

花音のせいだ。ぜんぶ、花音のせい。

「どうして私に構うの？　これ以上傷つきたくないのに。チョコボールだってもっと太らせて笑いたいだけだよね」

「……美姫？」

驚いた顔も傷ついた顔も、ぜんぶ嘘だ。

「もう放っておいて。私に関わらないで」

「どうしたの？　あたしたち友達じゃない」

伸びてきた手を無意識に払っていた。傷ついた顔をカメラに収めてあげる。

ほら、満足でしょう？

「私と一緒にいるのは優越感を感じたいからでしょ。とっくにわかってた。ずっと前からわかってたよ！」

これが私の本当の姿なんだ。劣等感の塊でできた醜いモンスターが叫ぶ。

誰もが憎い。憎くてたまらない！

教室を飛び出して走る。校舎を出てもカサも差さずに、ただ急いだ。

花音さえいなければ。花音さえいなければ！


気づくと公園のベンチに座っていた。

ブランコも砂場もすべり台も、雨が色を流したように沈んで見えた。

髪に頬に当たる雫に目を閉じる。

そう、目を閉じていればなにも映らないのだから。

暗闇のなか、考える。そうしてやっとわかった。

橘くんが声をかけてくれるのは、私が番組の主役だから。

花音も同じ。少しでもテレビに映りたくて声をかけてくれるんだ。

愛が憎しみに変わるのなんて簡単だ。ひっくり返った感情に名前をつけるならば、それは殺意。

――私を利用したみんな、殺してやりたい。

こんな気持ちが自分のなかにあるなんて知らなかった。雨が私を覆う偽善を流していくようだ。最後に残ったものが殺意ならば、このまま主役を演じてみよう。

――ふたりを呼び出してカメラの前で殺してやる。

一度浮かんだ考えは輪郭を濃くしていく。雨を栄養に殺意が育っていく。

「一ノ瀬さん」

ふいに声をかけられた。目を開けると樋口さんがカサも差さずに立っていた。

濡《ぬ》れたTシャツに『奈良ケーブルテレビSTAFF』と書かれている。

「大丈夫?」

「樋口さんこそ、私に話をして大丈夫なんですか?」

もうなにが起きても驚かないみたい。平坦《へいたん》な声で答える私がいる。

「まあこれも録画されているだろうから、会社には怒られると思う」

少し笑みを浮かべた樋口さん。

みんな嘘をついて生きている。彼もまた仕事なのだろう。

樋口さんはＤＶＤを差し出した。プラスチックケースに雨粒が模様を作る。

「次の放送分のデータが入ってる。こんなことしちゃいけないんだけど心配で……」

「ありがとうございます」

近くで見る樋口さんは若く、そんなに私と年齢が変わらないように思えた。

ケースを受け取り膝の上に置くと、ホッとしたように樋口さんは隣に座った。

「俺、まだ新人でさ、いっつも叱られてばっかなんだよ」

「そうですか」

「この番組に参加させてもらえて、すっげーうれしかったんだけど、正直違和感を覚えてる。さらっと高校生活を流すかと思ってたのに、ひどすぎる」

彼はなにを言っているんだろう。私になにを言わせたいんだろう。

横顔の樋口さんが「俺さ」と続ける。

「何度も会社に抗議してる。でも、放送されるたびに視聴者は増えててさ、会社は大喜びで耳を貸してくれない。なんにもできなくて、本当に申し訳ない」

悔しそうな横顔。停滞している最近の流れに投じられた起爆剤が彼なのだろう。会社を悪く言うことで、私になにか行動を起こさせようとしている。

「いえ、大丈夫ですよ。むしろ楽しんでいます」

意外な答えだったのか、彼は目を丸くしている。

私は演者。最後に視聴者をあっと驚かせる主役なんだ。

「本当ですよ。嫌そうに見えたなら気をつけないといけませんね。明日からは元気にがんばりますから」

演じるんだ。花音を殺す、最後のシーンまで。

□□　潜入！　リアリティスクール　□□

――タイトルロゴに続きBGM
「高校生活のリアルを放送する『潜入！　リアリティスクール』。奈良ケーブルテレビアナウンサー、工藤誠也です」
「こんばんは、間宮涼花です。今夜は五回目の放送です」
「前回の放送で、橘くんと話をした美姫さん。幸せそうに見えましたが、小山くんはどうなったのでしょう？　僕は小山くん推しだから気になります」

「工藤さんは甘いです」

「と、言うと？」

「女子ってね、目で恋をしているんです。誰が見ても、美姫さんが橘くんに恋をしているのは一目瞭然。意識して見ないようにしてるのも、すっごく切なさが伝わってきます。好きな人ほど見られない、でも見ちゃうんです」

「間宮さん熱いですねぇ」

「すっかりハマっています」

「吉野さんの動向についてはどうです？　なんか怒っていましたけど」

「SNS上では、花音さんを応援するグループと同じくらい、吉野さんを応援する声も多くなっているそうですよ」

「……………」

「工藤さん？」

「あ、失礼いたしました」

「美姫さんに冷たく当たる吉野さんが人気なのは、どうしてなんでしょうか？」

「そのあたりについて、今回は専門家のご意見も聞くことができました」

――VTR

学校帰りの美姫と吉野が歩く姿を、遠くから映している映像。

「話があるの」

吉野が言う。美姫視点のカメラは、吉野の怒った表情を映している。

「この間言ったこと、全然悪いと思ってないから。その前にみんなで話していたときのことも同じ。だって、一ノ瀬さんずるいから」

「……ずるい？」

動揺するように画面が揺れる。車から撮っているのか、ぶれた映像が差しこまれたあと、吉野が画面に近づく。

「花音を利用しないで」

「利用……。そんなの、してないよ」

「してる。花音の陰に隠れてばっかり。気弱なフリして守ってもらってばかりじゃん」

足元に視線が落ちる。美姫の手が震えている。

「私、ずっと一ノ瀬さんのこと嫌いだったの。今回のことでもっと嫌いになった。どうしても、そのことを伝えたかったの」

吉野のうしろ姿の向こうに、夕日が燃えている。

——場面転換

職員室で美姫と吉野が並んで立っている。教師視点カメラが隠し撮りのように映し出される。

美姫視点のカメラに替わり、女性教師が映る。テロップに『担任：山田』とある。

「ふたりの仲が良くないって聞いたから、話を聞いてみようと思ったの」

「余計なお世話です」

山田の言葉を鋭い声で吉野が遮る。山田の目が気ぜわしなく揺れる。

「あ、あの……。でも担任として見過ごしておけないことなのよ。吉野さんだって、みんなの噂を聞いたでしょう？　一ノ瀬さんが学校に来られなくなったのは――」

「私のせいですよね。別に構いません」

――心理学者：立浪《たつなみ》医師のインタビュー
白髪頭の初老の男性が映る。白衣の胸に『立浪』と書かれている。

テロップに『なぜ、吉野の人気があがっているのか？』の文字。

立浪医師がうなずく。

「例えば、バットマンではジョーカーという悪役が有名です。アニメのガンダムではアムロと敵役であるシャアは人気を二分していますね。これを『フィクションにおける悪魔への共感』と我々は呼んでいます」

テロップに『フィクションにおける悪魔への共感とは？』の文字。

「実生活において悪者がいても、その人を応援できないし、共感もしないでしょう。しかし、画面越しならば話は違ってきます。自分とは関係のないフィクションだと思えば、簡単に自身の闇の部分と悪役を重ねることができるのです」

画面に、ジョーカーやシャアの映像が映し出される。さらには、レクター教授やダース・ベイダーの動画に立浪医師の声がかぶる。

「誰しも自分自身のなかに悪の部分を持っています。視聴者は、吉野というキャラクターにそれを重ねているのでしょう。この番組を映画のように捉え、安全地帯から主人公を攻撃しているのです」

*

七月半ばで梅雨は終わり、夏の暑さを感じる朝。今日は一学期の終業式。そして、私がすべてを終わらせる日だ。

あれから学校にもちゃんと行けるようになった。クラスでも自分から話をするようになり、周りのみんなは驚いている。

目立たない生徒が急に積極的になったのだから当たり前か。

主役が私のままなのは間違いない。門の外の見学者も日々増えているし、ネットニュースのタイトルに番組名や自分の名前を見る機会も増えた。禁止されているから詳細はわからないけれど。

──決行は終業式のあと。

それだけを胸に今日までの日を演じてきた。

体育館から教室へ戻る生徒たち。チラチラ私を見る視線が編集され、そのうち番組で放送されるのだろう。でも、これから起きる事件に、番組はお蔵入りになるはず。

「ふふ」

思わず笑みがこぼれた。

「なによ、思い出し笑い？」

隣を歩く吉野さんが尋ねた。あれから彼女とはたくさん話をしている。はじめは拒否されていたけれど、時間をかけて普通に話ができるようになった。

「ちょっとワクワクしちゃって」

「変なの。あ、花音だ」

長い黒髪に駆け寄る吉野さん。私はわざと歩みを遅らせる。

花音と橘くんとは、ほとんど話をしていない。

スカートのポケットに手を入れると、登山ナイフが指に触れた。ネットは便利だ、こんなものまで郵送してくれる。

決心が鈍らないように。私のなかのモンスターが逃げないように。


最後のホームルームは滞りなく進行している。

山田先生は、私と吉野さんが仲直りしてからずっと機嫌がいい。今も、夏休みの課題について笑みを浮かべ説明している。

これから起きる惨劇を私以外の誰も知らないんだ。

そう思うと、また笑みがこぼれてしまう。

課題のプリントの説明を受けながら、主《あるじ》のいない花音の席を見る。ちょうどうしろの扉から入ってきたところだった。

吉野さんに『具合が悪いみたいで保健室に行ったよ』と聞いたときは青ざめたけれど、戻って来てくれてよかった。

花音がいないと作戦は実行できないから。

私と目が合うとなにか言いたそうな表情になる。久しぶりにほほ笑んでみせる。せっかく笑ってあげたのに花音は青い顔のまま。本当に具合が悪いんだろうな。

私の席は教室のまんなかあたり。花音の席は私のふたつ右側の列の最後尾。

気になるのは、教室の前後の扉に習志野さんと樋口さんが立っていること。

……うまくいくだろうか。

「それじゃあ、なにか質問は？」

山田先生の言葉に胸がドクンと音を立てた。

ナイフの柄《つか》をポケットの中で握り、音がしないように刃を出した。あとは左手を挙げてそのまま花音の席へ行けばいい。

これが私が花音へのプレゼント。みんな驚くだろうな。

橘くんはショックを受けるだろうけれどごめんね。だって橘くんも悪いんだよ？興味がないくせに、私にやさしくしたんだから。

そっと左手を挙げようとした、そのとき。

大きな音を立て、花音が立ちあがった。みんなが注目するなか、花音は言った。

「あたし、退学します。今、校長先生に退学届を提出してきました」

驚きの声が一斉にあがった。

「なに言ってんのさ」

「花音どうしちゃったの？」

口々に騒ぐクラスメイトに花音はバンと机を叩いた。

「みんなこそどうしちゃったのよ。これ、なんなの？」

花音が体全体で息をついた。その目が私に向く。

「気づいてたよ。美姫が主人公に選ばれたって、気づいてた」

でしょうね、と私はうなずいていた。

「でも、あたしはこんな番組に興味はないし、どうせ番組のことも口に出せないなら
いつもと同じだと思ってた。だからこれまでと同じようにやってきたの」

「平野《ひらの》さん、その話はしないようにって――」

「山田先生」

話をふさぐように花音は大きな声で言った。

「あたし退学するって言いましたよね。親にも話しました。だから、いいんです」

そうして花音はゆるゆると首を振った。

「こんな番組があるから、みんなおかしくなったんだよ。なにがリアリティ番組よ。

ただのテレビ番組じゃない！」

ああ、そっか……。花音は最後まで主役になりたいんだ。

この場面が放送されると知っていて、わざと目立つようなことを言ってるんだ。

――許せない。この番組の主役は私だけなのに。

立ちあがる私を花音はじっと見ていた。

これですべて終わり。

ポケットのナイフをたしかめながら近づく。

あと三メートル。二メートル。一メートル。

「待ちなさい」

あと少しなのに、樋口さんが立ちふさがり私の右手をすごい力で摑んだ。

「離して」

「離さない。いいか、君は番組に踊らされているんだよ」

「違う。踊らされているのはみんなだよ。このクラス、この学校みんなだよ！」

もがく私の手を容赦ない力で押さえる樋口さん。

「そうかもしれない。でも、彼女は違う」

くぐもった声で言う。なにが違うの？

樋口さんの肩越しに見える花音はもう泣いていた。ぽろぽろと大きな瞳から涙がこぼれている。

これは演技なの？　これも演技なの？　どれが演技なの？

静まり返る教室に椅子の音が響く。

「一ノ瀬さん、ごめんなさい」

吉野さんがゆらりと立ちあがっていた。彼女もまた泣いている。

なんで吉野さんが泣くの……？

「私、嘘ついてた。山本っていうプロデューサー、私の叔父《おじ》なの。最初から、この番組の企画を聞いてた。それで、一ノ瀬さんにつらく当たるように指示されてたんだ。ほんと、ごめん……」

頭が真っ白になる感覚。最初からぜんぶ……？

「でもう嫌だった。だって、一ノ瀬さん無理して私と話をしてくれているでしょう。なんでこんなふうになったんだろうって……。花音、退学するなら私も一緒に――」

「やめて！」

気づくと私は叫んでいた。みんなの視線が集まっても関係ない。

「なによこれ……。どうなってるの？　なにが本当でなにが嘘なのかわかんないよ。こんな番組、ひどいよ。ひどすぎるよ！」

習志野さんが視線を逸らすのが見えた。

私の体から力が抜けるのを見て、樋口さんもそっと体を離してくれた。

頭からつま先まで震えている。あんなに強かった殺意が恐怖に変わっている。

「美姫」

花音が泣きながら近づくと私を抱きしめた。

「ごめんね。あたし、本当に美姫のこと親友だって思ってる。最後まで守ってあげられなくてごめんね」

「花音……」

いつの間にかそばにいた吉野さんが、くしゃくしゃになった顔をしている。

「私もごめんなさい。本当にごめんなさい」

しびれた頭の向こうで、

「あのさー」

と、声がした。みんなの視線が集まった先に橘くんがいた。

窓際の席で「えっと」と難しい顔をして立ちあがった橘くんが私を指さす。

「ひょっとして例の番組の主役って、美姫さんだったの？」

前の席の小山くんが「ははは、まさか」と大きな声で笑った。

徐々に笑顔から真顔になると、小山くんは言った。

「え、マジ？」

あまりに間抜けな声が、教室の固い空気を丸く変えていくのを見た。


誰もいない教室で校門のあたりをさっきからずっと眺めている。

帰っていく生徒は、夏休みに向かっているみたい。

久しぶりに晴れやかな気持ち。

私の机の上には、コンタクトカメラのレンズがふたつ載っている。

「最初から外せばよかったんだよね」

今になってわかること。

花音と吉野さんは校長室に呼ばれている。番組スタッフらしき数名を廊下でみかけた。樋口さんが山本というプロデューサーに怒鳴られている声も聞いた。

なんにしても番組は終わるだろう。

ため息とともに、スマホで『退学届の書きかた』のワードを打ちこむ。

このあと私も呼ばれるのだろう。別になんでもないことだ。

大切な友達を失うことに比べれば、退学なんてどうでもいい話。

「お待たせー」

明るい声がした。花音がニコニコと教室に入ってきた。

「花音……」

やばい、もう泣いてしまいそう。

「こら。泣かないの」

ぽんぽんと頭を叩いた花音が、私の机の上のコンタクトカメラに気づいた。

「ふふ。美姫って丁寧だね。あたしのなんてこれだよ」

ポケットからカメラのケースを取り出す。なかには砕けたコンタクトカメラの破片がキラキラ光っていた。

「花音、ごめんね。私のせいで……」

「平気」

そう言うと花音はニッと笑った。

「他の人には内緒っていう条件で、今回は大目に見てくれるって。あたしも吉野さんもおとがめなし。美姫ももう、このやっかいなカメラ、つけなくていいって」

「そうなんだ……」

「あたしにとって一番大切なのは美姫だよ。美姫がおかしくなってから、尚人のことなんてちっとも考えられなかったもん」

言われて気づく。私もだ……。

花音が「それよりさ」とまたポケットをまさぐった。

「はい、これあげる」

手のひらに置かれた黄色い紙を見た。

涙でゆがむ景色は、もう番組では放送されない。

リアリティ番組では決して伝えられない現実がここにある。それは宝物のように光っていて、太陽みたいにあったかい。

私の手のひらには、金のエンゼルマークが輝いていた。

幕間　樋口壱羽

0001　名前なし　　2021/06/06
「潜入！　リアリティスクール」やばくね？　奈良以外の人にも見てほしい

0004　名前なし　　2021/06/13
あれ本名　マジ情報　名前出せないけどあの高校を退学になったやつ知ってる

0007　名前なし　　2021/06/13
》0004
詳細希望

0016　名前なし　　2021/06/15
》0007

すまん返事遅れた　あの番組ガチ　情報漏らしたやつは退学　これ以上は迷惑かかるからスマン

0023　名前なし　2021/06/16
一ノ瀬美姫　あれが主役なんてありえない　早く主役替われ

0026　名前なし　2021/06/16
花音が神

0035　名前なし　2021/06/20
放送してから奈良ケーブルテレビの株価爆上がり中

0048　名前なし　2021/06/20
「リアスク」見たくて県外だけど加入してもらった　再放送あるし楽しみ

0065　名前なし　2021/06/20
ああいう番組まじやめてほしい　どうせ台本で動いてる　ぜんぶ作り物だぞ

＊

声に目をやるとアナウンサーの工藤さんがおどけた顔をしている。アナウンスデスクは隣の島にある。といっても全社員合わせても大した数じゃないので、必然的に働いているスタッフのほとんどがこのオフィスで顔を合わせている。

「イチバン、寝不足か？」

イチバンというあだ名もずいぶん浸透した。

「毎日始末書だらけです」

「あー、あれな」

深夜のオフィスには誰の姿もない。俺のデスクの正面に移動した工藤さんが、

「で、番組はどうなるか決まったの？」

と尋ねたので肩をすくめた。

「今、山本さんと習志野さんが社長と話し合いをしています。ってもうかれこれ三時間ですよ」

手元でスマホをいじくりながら「へえ」と工藤さんは答えた。最近工藤さんはよくスマホを触っている。アプリのゲームでもやっているのだろうか。

あれから半月が経った。世間ではもうすぐお盆だ。そういえば、夏休みはたくさんもらえると聞いていたけれど、今のところそういう話は出ていない。

大きなあくびがまた口から生まれたところを工藤さんに見られてしまった。

「お前はほんと呑気《のんき》だな。自分のせいで番組がおかしくなっちゃったんだろ。少しは反省しろよ」

「わかってますよ。ただ、あの子がかわいそうだったんでつい……」

しょうがねーじゃん。傷つく一ノ瀬さんを放ってはおけなかったんだから。

ぶすっと膨れる俺に、工藤さんは人差し指でメガネをあげて俺を見つめた。

「そういう正義感が強いところがイチバンの長所でもあり、短所でもあるんだろうな」

軽い口調での叱責を工藤さんはよくしてくれる。山本さんのように大声で怒鳴られまくられるより、ずっと素直に聞けるってもんだ。

本当に伝えたいことは大声じゃ伝わらないんだよ。いつか山本さんに言ってやりたい。

番組は録画のストックを編集しながら回を重ねているが、再来週の八月二十二日で第一シーズンが終わる予定だそうだ。

以降をどうするか決まらないまま、今日はもう十三日の金曜日。ああ、偶然にも縁起の悪そうな日。

　見ると工藤さんも眠そうな目をこすっている。

　そっか、と気づく。工藤さんは番組の司会者。会議の結果を聞くために残ってくれているんだ。ほとんどの照明が落ちたオフィスは、荒ぶる心を落ち着かせてくれる。

「そういえば、お子さん生まれたんでしたっけ？」

「女の子な。せっかく里帰りから戻って来たのに、って今ごろカンカンだろうな」

　そう言ってから工藤さんはニヤリと笑った。

「俺のせいですみません」

「ま、出世払いで頼むよ。ていっても、すぐのことだろうけどな」

「むしろクビになっちゃうかもしれません」

「ならないさ。契約者数が右肩あがりで増えているんだ。昼間社長に会ったけど、えらくご機嫌だったぜ」

「……俺、やっぱり納得できないんですよ。あれじゃあ個人の吊《つ》るしあげじゃないですか。一ノ瀬さんも花音さんも、それに吉野さんもかわいそうです」

「なんか聞いたところによると、ＳＮＳで三人それぞれのファンクラブまでできてるんだってさ。なにが人気になるかわからないな」

　口笛を吹く工藤さん。二十六歳だから俺よりも六歳も上なのに、どこか飄々《ひょうひょう》としているせいか話しやすい上司だ。

「それでも、一ノ瀬さんは当初叩かれていましたよね。主役にさえならなければ、もっと楽しい高校生活を送れたと思うのに、申し訳ないです」

彼女の涙を思い出すたび心が苦しくなる。妹の二葉と重ねてしまうからだろう。

「ネットの批評なんてそんなもんだ。評論家でもないやつらが好き勝手書きこむ。映画や小説のレビューを見てみろ。粗を探して自己満足に浸ってるんだよ」

「そういうものですかねぇ」

あこがれて入社したテレビ業界なのに、理不尽なことだらけ。

「ま、なんにしてもあと二回で第一シーズンも終わる。一ノ瀬さん、コンタクトカメラ外しちゃったみたいだし」

「あの、吉野さんのことって本当ですか？　こっちの指示で悪役を……」

足音が聞こえた。全力で床を踏み鳴らす歩きかたにため息が出る。

「イチバン、こっちへ！」

山本さんのだみ声にそっとため息をつく。

工藤さんが口だけを動かして「がんばれ」とエールを送ってくれた。

プロデューサー室に入ると、すぐに壁際に立つ習志野さんが目に入った。

椅子に腰をおろした山本さん。隣にはなぜか間宮さんが立っていた。社長は退席したらしく姿はなかった。

「今回は色々とすみませんでした」

腰を折る俺に、山本さんはわざとらしくため息をついた。

「お前は、俺との約束を破った。演者に口出しをしたり資料を渡した」

あのときした行動は間違っていない自信はあるけれど、二葉のためにもこの会社で勤務を続けなくちゃいけない。

「申し訳ありませんでした。もう二度としません。ですので、どうか寛大な処置をお願いいたします」

さっきネットで調べた謝罪の言葉を口にすると、山本さんは鼻で笑った。

付け焼刃なのはお見通しなのだろう。四十歳にしてプロデューサーを務める山本さんは、たしかに敏腕だと認めざるを得ない。頭も切れるしカリスマ性もある。それが部下にとって幸せかどうかは、また別の話だろう。

「綾、お前はどう考えているんだ？」

俺の隣に並んだ習志野さんが頭を下げた。

「私の指導が至りませんでした。申し訳ありません」

くそ、と拳を握る。俺をいくらでも怒鳴ればいいのに、山本さんは失敗を習志野さんのせいにする。同じＡＤだから同等のはずなのにあんまりだ。

「ふん、まあいい」

山本さんが両腕を組んだ。

「社長はご機嫌だ。なんたって、毎日最高視聴者数を更新しているんだからな。イチバンの行動についても注意レベルで納めてくれた。感謝しろ」

「私は納得できないわ」

間宮さんが突然口を開いた。彼女は、番組のディレクター兼アナウンサーだ。番組に出ているときは明るいイメージだが、社内ではまるで別人。

クールと言えば印象はいいのだろうが、なにを考えているのかわからない冷淡なイメージ。それが今の言葉でさらに確信に変わった。

「番組を作るにはチームワークがなによりも重要なの。それを個人の勝手な考えでつぶしていいわけがない」

「まあ、涼花の言うこともわかるが――」

「いいえ、わかってないわ」

上司である山本さんにも対等に意見をする。噂ではふたりは恋人同士と聞く。互いに独身だから別にいいのだけれど。

「今回のことは、樋口壱羽のパーソナリティに問題があることを証明する行動よ。これまでも、山本さんから再三注意をされているし私の耳にも入っているの。アポ取りひとつとっても失礼なことを言ったり、先方を怒らせたり、はたまた遅刻したりとミスは数多くある。彼は社会人として欠陥があるんじゃないの？」

俺を一瞥《いちべつ》する間宮さん。言っていることが当たり過ぎていてぐうの音も出ない。

また片頭痛が生まれ、無意識に歯を食いしばる。

「もういい」

山本さんが首を振るが、

「でも――」

言い足りないらしく間宮さんは話を続けようとする。

「もういいと言ってるんだ！」

ガンと音がして山本さんのデスクの上のパソコンが揺れた。足でデスクを蹴ったらしい。間宮さんが口をつぐむのを確認して山本さんは俺を見た。

「番組はあと二回放送する。お前のしゃしゃり出た部分はカットして放送。美姫と花音が仲直りする場面で終わりだ」

「はい」

「ふたりがチョコボールを手に友情を確かめ合うシーンは教室のカメラで補うことに

なった。月曜日からは第二シーズンに向けて準備をはじめるからそのつもりでいろ」

ズキンと襲う痛みに目を閉じながら、「はい」と繰り返す。

「お前と綾は金のエンゼルを手に入れ、それを手にしているカットを撮影しろ。ズームアウトして暗転。それを最終シーンで使うから」

そう言う山本さんに、習志野さんが「わかりました」と頭を下げた。

同じように下げながら、俺はまだ頭痛と戦っていた。


「乾杯！」

習志野さんが缶ビールを持ちあげたので、俺も自分の缶をそっと合わせた。と言っても俺のは缶コーラだけど。

女子寮の前で習志野さんが「お祝いしよう」と言って、部屋から持って来てくれたのだ。

一気に飲んでから習志野さんは「くわー！」と声をあげた。

「あー、一日が終わったって気がする！」

「なんだかいろいろ迷惑かけてすみません」

しょぼくれる俺の背をバンと習志野さんは叩いた。

「大丈夫だって。あたしなんて新人のころもっと叱られてたんだから。それより番組の担当続けられてよかったね」

「ええ、はい」

微妙な表情が伝わったのか、習志野さんは「こら」と顔を近づけてきた。

「壱羽くんのためにあたしがどれだけ謝ったと思ってるのよ」

「すみません。がんばります」

そう言う俺に、習志野さんは「ふん」とアゴを上げたかと思うと、

「わかった。今だけ愚痴を聞いてあげるから、思っていることを言ってみなさい」

なんて言ってくる。もう酔っぱらっているのだろうか。

「その、なんていうか……。一ノ瀬さんのことを考えてしまうんです。個人情報をさらされて、ネットでは好き放題言われてかわいそうだなって」

「出演者には番組から出演料が支払われるんだよ。ここだけの話だけど、主演の一ノ瀬さんには壱羽くんの年収くらいの金額だって聞いてる」

「え、そうなんですか？」

「だから少なくともマイナスではないよ。大学の推薦だって受けられるし」

知らないことがまだたくさんあるんだな。

「とにかく壱羽くんは、一生懸命言われたことをやろう。じゃないと、社長になれな

いぞ」

赤い顔でほほ笑む習志野さんに、急に胸が鼓動を強めた。

どうしようか……。迷っている時間は一秒もなかったと思う。

「あの、第一シーズンが終わったら食事に行ってもらえませんか?」

熱くなる顔を見せないようにうつむく俺に、習志野さんは「いいよ」と笑った。

「実はおすすめのお店があるんだよ。今度行こう」

「え、いいんですか?」

「自分から誘っておいてヘンなの」

白い歯を見せて笑う習志野さんがかわいすぎる。

「じゃあね」と帰って行くうしろ姿に頭を下げ俺も歩き出す。

習志野さんと食事に行けるんだ。気持ちが軽くなったらしく、酔ってもいないのに足取りは軽くなっていた。

その時、俺の横に音もなく車が停車した。

「イチバン」

運転席から声をかけてきた人を見て、俺は口をぽかんと開けてしまった。

車は山道をおりて広い道路に出た。久しぶりに下山した気分だ。

車内ではラジオが小さなボリュームで流れている。

運転席を見やる。さっきから彼は黙ったままだ。

ようやく車が停車したのは、池《いけ》神社と呼ばれる場所だった。大きな池の前にある神社は地元では有名らしい。

「ここは照明が少ないから、夜は人が来ない」

メガネを直しそんなことを言う工藤さん。さっき声をかけられたときは驚いたけれど、今は疑問のほうが大きい。

「工藤さん、もう帰ったんじゃなかったんですか?」

「忘れ物しちゃってさ」

軽い口調もどこかぎこちなく感じる。

「ほら、あそこの張り紙を見てみろ」

指さすほうを見ると休憩所らしき小さな建物があった。車のライトに浮きあがる張り紙には『四月三十日　熊が出没しました』と手書きで書かれてあった。

「え、熊が出るんですか?」

「俺も奈良出身じゃないから詳しくないけど、ツキノワグマが出没するらしい。人が襲われたってのはあまり聞かないけどな」

「それってヤバいじゃないですか」

「この世はヤバいことだらけだ」

どうも調子がおかしい。工藤さんはエンジンを消した。

「社内では話せないことがあってな。イチバンには伝えておこうと思って」

「え……」

「ここならコンタクトカメラも機能しないだろうから密談にはよく使うんだ。習志野さんとも前にここで内緒話をした。もちろん清い関係だぞ」

肩で息をつくと工藤さんは俺を見た。さっきの冗談めいた空気は消え、その目に悲しみがあふれているように見え戸惑う。

「どんな話なんですか？」

静かに聞く声が固くなってしまう。

「奈良ケーブルテレビが池峰高校を運営しているのは知っているな？」

前に山本さんに教えてもらったっけ。なんだかずいぶん前の出来事に思えてしまう。

「俺たち社員の給料の良さも知っているだろ？　初任給だって相当なもんだ」

声に出せないままうなずく。それはお腹のなかにモヤっとした疑問が生まれたからだ。俺の考えを読むように工藤さんはひとつうなずき前を見る。

「高校を運営したり、高給を支払ったり、そんなことができるほどうちのテレビ局は

「立派か？」

「いえ……」

「会社は公にしていないが、ＮＣ機器とつながりがあると俺は思っている。コンタクトカメラなどの提供はおそらくそこからだろう」

村の行き止まりにある会社の名前だ。たしかにＩＴ機器の会社だと聞いていた。でも、それってつまり……。

「同じ経営グループだということですか？」

「そう考えると多額の金が動くことにも説明がつくだろ」

そういえば一ノ瀬さんたちにも出演料が支払われると聞いたばかりだ。

「公にしていないのはなぜです？」

「わからない。ただ、ネットでＮＣ機器の事業内容を検索すると、おかしなことがあるんだ。本社や支店の一覧に下南山村が入っていない。どんなに検索しても出てこないんだ。おそらく届け出的には別会社の名前を使用しているんだろうな」

「…どうして俺にそんな話をするんですか？」

工藤さんは「さあな」と言ってから背もたれに体を沈めた。

「なあイチバン。お前は正義感は強いが顔や態度に出すぎている。なにを信じてなにを信じないか、感情だけでなく状況を把握して結論を出せ」

暗闇で工藤さんの表情はよくわからないけれど、大切なことを言われている気がした。そういえば、最近の放送のときの工藤さんはどこか上の空のときがあった。

「工藤さんはうちの会社を疑っている、ってことですよね」

「絶対に職場では口には出せないけれど、なにか隠しているのは間違いない。前からも薄々感じていたが、あのリアリティ番組の企画があがってからはおかしい。あんな番組、普通なら社長を含め全員が反対するはずだ」

「でも、実際にははじまっている、と」

「会社の命運を懸ける番組なのに、企画会議すらなかった。まるで最初からの計画だったように動いていた。さらに、ＡＤはお前と習志野さん。社運を懸けるほどの番組ならもっとベテランをつけるところだ」

以前、二葉にも同じようなことを言われたっけ……。

車のエンジンをつけるとき、工藤さんは言った。

「誰も信用するなよ」と。

「誰も……って。スタッフ全員をですか？」

そう尋ねる俺に、もう工藤さんはなにも言ってくれなかった。

思いつめたような表情が心に残った。

メールによると二葉はまだ起きているそうで、部屋に戻った俺は荷物を置くのももどかしく電話をかけた。

開口一番、

『遅刻だよ』

と笑う声を聞いて、ようやく一日が終わったと実感する。もうすぐ二十三時になろうというところ。

「電話する約束だったのにごめん」

『いいよ。どうせ私、昼寝し放題だから。こんな時間まで仕事だったんだね』

「残業は残業だったんだけどさ」と言いかけて迷う。

「残業のあとコーラで乾杯したり、ドライブして説教されたりしてた」

嘘はついていないし、これなら会社の人間にチェックされても安心だろう。

『ああ、習志野さんっていう人と？』

「乾杯は習志野さん。ドライブは工藤さんってアナウンサーと」

『あっ、工藤さんって番組の司会者の人？』

声を弾ませる二葉に俺は絶句する。

「俺さ……工藤さんの話なんてしたことないだろ？」

『へへ。うちも奈良ケーブルテレビに加入したんだよ』

そんなところまで情報が行っているのかと愕然《がくぜん》とした。

「二葉も見たのか？」

『もちろん。「リアスク」はネットでも大人気だし、再放送も毎日やってるよ。私は美姫ちゃんを応援してるの。すごくけなげなんだもん』

「そう……」

ベッドに仰向けになると照明がやたらまぶしい。

「二葉はあの番組、どう思う？　見てて嫌な感じとかない？」

『どこまでリアルかによるけど、嫌な感じはしないよ。むしろ、知らない人の生活をこっそり覗いているみたいでワクワクする』

素直な感想に苦笑した。視聴者にとってはエンタテイメントの一種なんだろうな。

「お兄ちゃんどうしたの？　今日はなんかテンション低いよ？」

そう言われて思い出す。工藤さんはあえて俺を電波の届かない敷地外へ連れ出した。

今、俺がいる場所は電波の圏内。

『誰も信用するなよ』

最後に言われた言葉が脳裏で蘇《よみがえ》ると同時にまた頭痛がした。

「いつも通りだよ。会社すごく楽しいし、なんたって社長を目指してるからさ」

わざとらしくないだろうか。演技なんてしたことがないから難しい。

幸いスマホの向こうではおかしそうに二葉が笑っている。

「体調はどう?」

『大丈夫だよ』

二葉が小学生のときにひいた風邪は、彼女を不登校へ追いやった。思ったよりも長引いたあと登校した二葉は、クラスメイトの男子からばい菌扱いをされたらしい。それ以来、引きこもっている。

クラスメイトや先生が何度も家に来たが、二葉は会おうとしなかったし家族は二葉の意志を尊重した。

あれからもう何年が経つのだろう。

「なあ、二葉。俺さ、絶対に今の会社でがんばるからな」

『うん。応援してるよ』

二葉の声は俺に元気をくれる。同じように二葉も感じてくれているといいな。

あの頃に戻れたなら、こういうふうに素直に励ましたり心配できるのに。それなら俺たちの未来も少しは変わったのかな……。

『眠くなってきた』

「俺も。じゃあ、おやすみ」

通話終了のボタンを押すときは切ない。

電気を消すとすぐに眠気が訪れた。月曜日から第二シーズンの撮影がはじまる。次はどんな主人公が選ばれるのだろう。

月曜日になり、火曜日になり、その週が終わっても工藤さんは出社してこなかった。何度も尋ねる俺に山本さんは言った。

「あいつは辞めたよ。今は、行方不明らしい」

どうでもいい、とでも言わんばかりの投げやりな口調だった。

第三章　こわれる――渡辺浩史

「浩史の学校、ヤバくね？」

タローがそう言ったとき、俺は半分寝ぼけていた。幼い日によく遊んでいた公園にいるような気がしたけれど、なんだ夢か。

「おい、これ見てみ。ほんまにヤバいって」

うなり声を絞り出し強引に目を開けると、まぶしい青にやられてしまう。

「んだよ、うるせーな」

体を起こすと眼下にも青空が広がっていた。いや、違う。これは池原《いけはら》ダムの水だ。水面に雲が映っている。そっか、土手に寝転がっていたんだっけ。

隣を見ると、最近パーマをかけてご満悦のタローがスマホの画面を向けている。童顔のせいでミュージカルに出ている子役みたいに見える。

渋々スマホを受け取ると、画面には『潜入！　リアリティスクール』について書かれたネット記事が表示されていた。

『潜入！　リアリティスクール』がすごい！

高校生のリアルを追求したドキュメント番組が人気だ。コンタクトレンズ型のカメラを装着した主人公を追う企画で、当初は三十分番組でスタートしたところあまりの反響に現在は一時間番組に拡大されている。

この番組のすごいところは、地上波ではなく奈良県にある奈良ケーブルテレビで制作・放送がされていることだろう。その名も『潜入！　リアリティスクール』。

実在の高校を舞台に、第一シーズンでは一ノ瀬美姫さんが主役に抜擢され、その生々しい友人関係に焦点が当てられた。

回を重ねるごとに口コミやSNSで評判が広がり、八月二十二日の最終話放送が告知されてからは大変な騒ぎになった。

筆者も放送日に舞台となる村を訪れたが、たくさんのファンが押し寄せ、村役場で急遽《きゅうきょ》上映会が開催されたほどのにぎわいだった。

一ノ瀬さんと平野さんの友情が復活するクライマックスでは、それを見守っていたファンからは感動の涙があふれていた。

関係者によると、放送開始から奈良ケーブルテレビの加入者数は三倍に増え、その半数以上が県外からの申しこみだったそうだ。

舞台となった村の役場の職員に話を伺った。

「私たちも放送までは知りませんでした。たくさんのかたが見学に来られるようになり喜んでいます。山頂の門前に土日限定で土産物屋も開店しました。奈良ケーブルテレビさんとの共同でグッズの製作も進んでいます。（村役場：篠原《しのはら》さん）」

同番組は、来週二十九日に『総集編：二時間スペシャル』の放送も決定している。

また、九月より第二シーズンの開始も決まり、ファンからは期待が寄せられている。

＊

読み終わるとスマホをひょいと投げ返す。

「な、すげーだろ？」

なんなく片手でキャッチしたタローが興奮した顔を向ける。

タローの本名は、植山《うえやま》太郎《たろう》。昔から最後の音を伸ばして読むことを周囲に強要している。そばかすだらけの顔を一瞥してからごろんと横になった。

「どうでもいい。興味ない」

「せっかくうちの村が全国区になったんやで。もうちょっと喜んだらええのに」

目を閉じる。今日は何曜日だっけ。夏休みになってから曜日感覚があいまいだ。

「関係ねーし。どのみちこの話題は口にした時点でゲームオーバー。こういう記事とかも見せんなって。前にも言ったろ」

「あれってホントの話やったんや」

実際、俺のクラスの女子もひとり転校し、もうひとりは停学中だ。番組が人気になりさすがに退学にはしなくなったそうだが、用心するに越したことはない。

「オレさ前から思ってたんやけど、なんで浩史、池峰高校の逆指名を取れたんや？」

「知るかよ。なんかの間違いだったんじゃね？」

中学を出たらタローみたいに働く予定だった。母親は進学の話をしたがっていたが完全無視。そもそも中学もサボりまくりだったし、優等生からは程遠い。

高校なんて行けるはずもなく、行くつもりもなかった。池峰高校が差出人であることに、配なのにある日、家に簡易書留で封書が届いた。池峰高校が差出人であることに、配達のおっさんのほうが興奮してたっけ。

「間違いでもええよな。だって学費もタダだし家賃も支払ってくれてるんやろ？」

タローが細すぎる眉を指で整えながらうらやましがる。

「持ち家だから家賃補助はねえよ。代わりに光熱費を払ってもらってる」

「それでもええやん。おばちゃん喜んでるやろ」

最初は間違いかと思っていた。母親は喜んでいたが、世の中にそんなうまい話なんてないことを俺は知っている。

『面接を受けるときだけでも髪を染めたら？』

おずおずと俺の茶髪をおびえた目で見ていたのを覚えている。俺はなんて答えたっけ……。『うるせー』だったろうな。語彙力がないからいつも同じ返しばっかだ。

そんな俺なのに、池峰高校は受け入れてくれた。

なんにしても俺は逆指名を勝ち取った。それからもう二年半が過ぎ、あと半年で高校も卒業だ。最近はサボりがちで、髪だって金に近い色に染めている。

「人生なんてちょろいもんだよな」

捨てる神あれば拾う神あり。池峰高校を辞めたとしてもそれなりに俺は生きていけるだろう。反面、あと半年の辛抱なら、留年にならない程度は通いたい気持ちもある。

「次の主役って誰なんだろうな」

くだらない話題を蒸し返すタローに、

「どうでもいい」

ジーパンについた草を払って立ちあがる。いくらなんでも暑すぎる。

バイクにまたがると、渋々タローも古ぼけた原付に乗った。タローの愛車は〝ジロー〟らしい。どうでもいいことだけれど。

「な、ひょっとしたら第二シーズンって浩史が主人公だったりして」

ヘルメットからパーマがかかった髪をぴょんと出しているタロー。

「言ってろよ」

エンジンをかけて走り出そうとしたとき、すぐそばのキャンプ場へ歩いていく若い女性のうしろ姿が見えた。アクセルを回し、女性を追い抜く。

景色はどんどん流れるけれど、憂鬱はすぐうしろをついてくるみたいだった。

五木《いつき》さんには小学生のころから世話になりっぱなしだ。まだ幼かった俺は七つ年上の五木さんのことを「いっくん」と呼んでいったっけ。

高校に行かず建設事業を立ちあげた五木さんは、俺がこの世で唯一尊敬している人。実際、現場に行くと黒いスーツ姿の五木さんが、自分よりも歳上の男を怒鳴っているところも何度も見た。そのたびに惚《ほ》れ直してしまう俺だ。

もちろん呼びかたも「いっくん」から「五木さん」に改めている。

「よお、浩史」

五木さんが、椅子に座ったまま右手を挙げた。左手のロレックスがきらんと光る。

「涼みにきました」

「ゆっくりしてけ。ナツキ、いつものやつ持ってきたって」

明るい金髪のナツキさんは、この事務所の事務員。五木さんとつき合っている。

「待っててね」

ナツキさんが左手にあるドアに消えた。冷蔵庫を開閉する音が続く。

ソファセットに腰をおろす。作業員は全員出払っているようだ。

「夏休みは順調か？」

「やることないっすよ。今もタローとダムで昼寝してました」

カカカと笑った五木さんが、いつもの台詞《せりふ》を言った。

「さっさと卒業してうちで働け」

もちろんそのつもりだ。五木建設には独身寮があり、卒業したらそこに住むつもり。

ナツキさんが缶コーヒーを渡してくれた。一瞬だけ顔を見て、目を逸らす。

左目の腫れは黄色く色を変え、頬まで下がってきている。殴られたのだろう。

俺の視線を避けるように「買い物行ってくる」と言い残し、ナツキさんは出て行った。スーパーは事務所のすぐ先にある。

腰をあげた五木さんがタバコに火をつけて、俺の前のソファに体を投げ出すように座った。その顔を改めて見る。オールバックは乱れていないし、薄い紫色の入ったメガネも似合っている。

「んだよ、ジロジロ見んな」

「五木さんって二十五歳ですよね？」

「どうせ『老けてる』って言いたいんだろ。わざとだよ」

「わざと？」

「この世界は、作業員や業者になめられたらやっていけない。俺みたいな若造に怒鳴られたくねえだろうしな。だから老けて見えるように努力してんだぜ？」

ニヒルに笑う五木さん。昔は家が近所だったおかげでなにかにつけて面倒を見てくれていた。会社を立ちあげてからは事務所のそばに家を建て、両親と住んでいる。ナツキさんは村北で父親とふたり暮らしだそうだ。

五木さんの父親は五木材木という会社をやっていて、そのバックもあり五木さんは若くして開業できたと聞く。

「お前んとこの学校でおもしろい番組やってるそうじゃねーか」

紫煙をくゆらせる五木さんが顔を近づけた。

「え、ひょっとして見たんですか？」

「ナツキが言ってたんだよ。来週は総集編があるんだってな。お前、映ってんの？」

メガネをずらして上目遣いで俺を見る五木さん。あいかわらずの鋭い目つきだ。この世の善悪すべてを知っているような瞳に俺はあこがれている。

「映ってないと思います。どっちみち俺らは見られないんですよ」

「いいんじゃね？　どうせテレビなんてつまんねーし」

タバコの白い煙が窓からの光の筋を浮きあがらせている。灰皿にタバコを押しつけた五木さんが、長い足を組んだ。

「ところでお袋さん、元気してるか？」

「はい」

「おやっさんは？」

黙る俺に五木さんはカカカとまた笑うからムッとしてしまう。

「あいつはおやっさんじゃないです。俺が嫌がるの知ってて言ってますよね」

両親は俺が生まれてすぐに離婚し、母親は実家であるこの村に戻ったそうだ。当然ながら俺に実の父親の記憶なんてない。

「俺、人の嫌がることが大好物だから。特に浩史の嫌がる顔が好きなんだよ」

「そういうところ、昔と変わらないですね」

「人はそんな簡単に変わらねーよ。成長した、とかほざいてるやつほど、同じ場所でぐるぐる回ってるもんさ」

俺に出された缶コーヒーを飲み干すと、五木さんはだるそうに宙を見た。

「人間なんてハムスターだよ。回し車でくるくる走って、息絶えて死ぬんだ」

五木さんは嘘が嫌いだ。真実しか口にしない彼が言うことはいつだって正しい。

だから、俺もハムスターの一匹なんだろう。


バイクにまたがるとシートが熱せられていて熱い。エンジンをかけたところに、ナツキさんが帰ってきた。

「もう帰るんだ？」

長い前髪で顔の左側を隠しながらナツキさんは尋ねる。やせすぎていて今にも折れそうな体だと思う。

「高校生っていいよね。あたしもちゃんと行っておけばよかったな」

「そんないいもんじゃないすよ」

へらっと笑うとナツキさんも少し笑った。

「夏休み、楽しんでる？」

「ええまあ。でも、明日は定期健康診断なんで学校に行くんです。いつものようにNC機器の機械でいろいろ検査されます」

定期的に生徒は検査を受けさせられている。再検査や精密検査で引っかかることも多く、そのたびにでかい機械に入れられるからめんどくさいことこの上ない。

「また来ます」

頭を下げてアクセルを回す。

風が生まれ、まとわりつく熱を引きはがしていくようだ。

俺がナツキさんを心の中で「パンダ」と呼んでいることをふたりは知らない。実際、ナツキさんは傷がなくなったと思ったら、すぐにまた顔を腫らしていたから。

「人間なんてハムスター、か」

同じ場所で回り続けて死ぬ前に、本当はやりたいことがある。

それは高校を卒業することでも、五木さんと働くことでもない。

「あいつを殺したい」

つぶやく声は、風に流され消えていく。

□□　潜入！　リアリティスクール　□□

「高校生のリアルを放送する『潜入！　リアリティスクール』。司会の間宮涼花です。

この番組は、高校生にコンタクトレンズ型のカメラを装着してもらい、リアルな日常を視聴者のかたに体験してもらおうという番組です。第二シーズンからは、プロデューサーの山本徹さんと一緒にお送りいたします」

「よろしくお願いいたします」

「先週お送りした総集編は、開局以来最高の視聴率だったそうです。皆さまありがとうございます。大反響の第一シーズンでしたが、すごかったですねー。山本さんに質問なんですけど、どのような考えで番組を作ったのですか？」

「最近はリアルドキュメント番組も増えましたが、常々あれは本当のリアルではないと思っていました。どこか台本を感じさせるものがあり、テレビカメラがそばにあると知った上で演じている。いや、そうせざるを得ないと思うんだけどね」

「たしかに、間にインタビューとかが入っているから、作り物のイメージはありますね」

「そんなことを考えていたときです。地元企業が開発に成功したコンタクトカメラの取材をしました。これとコラボする、という構想を二年がかりで実現させたわけです」

「なるほど。でも、カメラがあることは意識しちゃいません？」

「コンタクトカメラを装着した人は、はじめはぎこちない行動になります。しかし、やがて人は慣れる。つけていることも忘れ、本来の自分を出していく。それこそがリアル。視聴者も生徒たちに感情移入しやすいんじゃないかな」

「ああ、私も前のシーズンでは、一ノ瀬さんに思いっきり感情移入しました」

「他の生徒の人気もすごかったようだしね」

「山本さん、いよいよ第二シーズンがはじまるわけですが、今回の主人公はどんな人なんですか？　もう気になっちゃって仕方ないんです」

「かなり迷った末、彼に決定したって感じかな。今後変わることもありえるけど」

「彼？　つまり、第二シーズンの主人公は男子なのですね？」

「高校三年生の男子なんだけど、彼にはいろんな事情があり――」

「あ、それ以上はVTRのあとで改めてお願いいたします。それでは皆さん大変お待たせいたしました。第二シーズン開始です」

――VTR
黒い画面の下に『八月某所』のテロップが入る。

「浩史の学校、ヤバくね？」

声が重なる。ゆっくりと画面が明るくなると青い空が映し出される。

「んだよ、うるせーな」

起きあがった浩史のうしろ姿を土手の上から撮影している。隣にはパーマの男子。

ふたりに徐々にズームアップするカメラ。浩史が金髪であることがわかる。

「人生なんてちょろいもんだよな」

浩史の視点にカメラが切り替わる。足を投げ出し座る土手に草が揺れている。隣に座る男子の顔にはモザイクがかかっている。

「次の主役って誰なんだろうな」

口にしたモザイク男子に、

「どうでもいい」

興味なさげに浩史が答えた。ダムの全景が映し出される。セミの大合唱が聞こえる自然豊かな風景。

バイクにまたがりキーを回す手が映る。

エンジン音が響くなか、走り出すバイク。道は左右に流れている。

「あいつを殺したい」

低い声とともに暗転する画面。白抜き文字で『あいつを殺したい』が浮きあがる。

ナレーションが入る。

『彼にはある重大な秘密があった。第二シーズンの主役は渡辺浩史、君だ！』

＊

二学期がはじまってから、樋口という名のテレビスタッフをよく見かける。ついに彼は教室にまで入ってくるようになった。前にうしろに意味もなく行ったり来たり。

「なあ、あいつなにしてんの？」

前の席のメガネに尋ねる。メガネってのは俺が勝手につけたあだ名だ。名前は知らない男子生徒。ハッと息を呑《の》んだかと思ったら必死で首を横に振ってきた。

そっか、番組のことを口に出すな、って言われてたっけ。あほらしい。

このクラスで俺に話しかけてくるのは、ひとりしかいない。右を見ればちょうど当の本人が向かってくるところだった。

「ちょっとヒロ！」

腰に手を当て、俺の髪の毛を人差し指でさしてきた。

「んだよ！」

ドスを利かせても間宮麻未《あさみ》には通じない。

「あんた、また髪の毛明るくしたでしょ！　いい加減にしなさいよ」

昔から優等生。髪をきっちりひとつに結ぶスタイルはちっとも変わらない。ギャーギャーうるさいのも変わらない。

五木さんの言う『人はそんな簡単に変わらねーよ』を証明しているかのような麻未。

「うるせーな。別に禁止されてねえだろうが」

「それは春までの話。今じゃ日本中に注目されているんだからね」

「うるせー。マミマミのくせして騒ぐな」

「マミマミって言わないで。私の名前は〝あさみ〟だってば」

あほらしい。プイと顔を横に向けると悔しそうに麻未はうなっている。

「とにかくあんたも気をつけてよね。あ、なんでかについては言わないけど」

「それってあれだろ？　リアリティ——」

「言わないで！　停学になってもいいの？」

そういえば、もうすぐ第二シーズンがはじまるんだっけ。麻未の姉が番組の司会者だと聞いたことがある。間宮涼花。昔からツンとしてて嫌な女だ。

寮に住んでいるやつらは、食堂のテレビでまた見ることができるようになったらしい。一度禁止したものを解禁するなんて、ブレブレだな。

「あ、浩史、健康診断また引っかかったんだってさ。先生が放課後残るようにって」

「またかよ。めんどくせーな」

苦い顔をする俺に「日頃の行いが悪いからだよ」と憎まれ口を叩き麻未は席に戻っ

て行った。

――これが、九月二日のこと。

実家から通っている俺や麻未が主役にされることはないだろう。

その考えが甘かったと知るのは、それから三日後のことだった。

九月五日、月曜日の朝。校門につくなりみんなが一斉に俺を見た。いつもならにらみつけるとすぐ視線を逸らすくせに、幽霊でも見たような顔をしている。

違和感は教室に入るとさらに強まった。

騒いでいた声がピタリと止《や》んだのだ。しんとしたなか、自分の席に座る。たくさんの目が俺を見ている。

麻未は？　と見回す。いつも誰よりも早く登校しているのに姿が見えない。

「おい、なんかあったのか」

メガネに声をかけると、悲鳴と一緒に体全体で跳ねるから俺のほうがビビる。

「おい、って」

ガンと椅子を蹴るが、そのままブルブルと首を横に振っている。

「……んだよ」

そのときになって気づく。黒板の前に立っているのは緑色のTシャツとジーパン姿の女性。たしか、名前は習志野だっけ……。ケーブルテレビのスタッフだ。横を見ると、壁際に樋口の姿もある。緊張しているのか青ざめた顔だ。なんかまずそうな雰囲気だな……。

「帰るわ」

カバンを手に教室を出た。ふり返るが、スタッフのふたりはついてこなかった。一階へおりていく階段の踊り場で、ようやく麻未を発見した。

「よおマミマミ」

声をかけるとはじめて俺に気づいたみたいで足を止めた。

「どこに……行くの？」

麻未の声が固い。長年のつき合いだからわかること。

「いや、帰るとこ。なんか教室の雰囲気最悪なんだよな——」

そこでようやく思い当たる。みんなの態度、ケーブルテレビのスタッフ、麻未のなにか言いたげな顔……。

「ひょっとしてさ……ひょっとする？」

そう尋ねる俺に麻未はなにも答えない。けれどわずかな表情の変化で伝わってくる。

答えはＹＥＳだ。

そうか、口にしちゃいけないルールか……。

「……マジかよ」

「ね……。あの、大丈夫？」

階段をおりる俺に声がふってくる。

「ああ。具合悪くなったことにしといて」

いつもなら全力で止めるはずなのに見逃してくれる。

これで確信した。例の番組の主役は俺ってことだ。


俺の話を聞くなり、ユージさんは大笑いした。

体ごと畳に寝転んで笑うユージさんに、俺は「んだよ」とうなった。

「いや、悪い悪い。あんまりにも予想外だったからさ」

五木建設の独身寮。といっても、プレハブでできた建物の二階にユージさんは住んでいる。ここは俺の避難場所で、学校をさぼった日は入り浸っている。

数ヵ月前に雇われたというユージさんは五十歳だそうだ。坊主頭に無精髭《ひげ》、色黒の肌に黄色い歯は前歯が欠けていて、正直もっと歳がいってるように見える。

部屋のなかはいつも酒とタバコの匂いがしていて家具もほとんどない。

ある日、たまたま顔を出した五木さんの事務所で『こいつ、木曽路《きそじ》っていう新人』と紹介されたことがきっかけだ。

新人というには歳を取り過ぎているユージさんは初対面なのに俺にバイクを貸してくれと言ってきた。酒屋まで買い出しに行きたいとのこと。

俺は学校を休みがちになっていたこともあり、代わりにユージさんの部屋で時間をつぶさせてもらっている。いわば、持ちつ持たれつの関係だ。

「てかユージさん今日は現場じゃねーの？」

あいかわらずの汚部屋に顔をしかめてしまう。

「腰をやっちまってな。休ませてもらってる」

「休んでるのに昼間から酒かよ」

こないだ買ったばかりの焼酎が入ったペットボトルは、もう残りわずか。会うたびにどんどん酒の量が増えているようでさすがに心配になる。

「そのほうが早く治るからいいんだよ」

マルボロに火をつけるとユージさんは「でもよ」と白い煙を吐き出した。

「今も撮影されてんだろ？　そりゃヤバいな。社長が見たらなんて言うか」

言葉とは裏腹におどけている。ユージさんにかかればなんだって笑い話になる。

「だったら大人しく寝てなよ」

さすがに同意書を交わしていないユージさんのことを放送はしないだろう。でも、顔にモザイクをかけて映すことは考えられる。てことは、ユージさんがいない日にここに来ちゃまずいってことか……。

「そのコンタクトだかなんだか、取っちまえばいいじゃん」

それができたらどんなにいいか。せっかく入った高校、学費もゼロ。なのに退学になったら申し訳ない。

そんなこと言ったらバカにされるに決まっている。

ユージさんは全国各地を転々として生活しているそうだ。酔うと、これまで住んだ場所の話をする。夏は涼しい場所へ、冬は暖かいところへ。まるで渡り鳥みたいに日本を飛び回っているそうだ。

『日本は広いぞ。こんな田舎でくたばるなよ』

赤ら顔でよく口にするユージさんをうらやましく思う。

ヤニで曇った窓に、青い空が昔の写真みたいに汚れて映っている。

「浩史も嫌なら休んじまえば？　一度きりの人生、好きに生きればいいさ」

「考えておくよ」

「見た目と違ってお前は真面目だな。酒もタバコも断るしよ。つまんねぇな」

大きなあくびをして、ユージさんは目を閉じる。

ほんと、子供ってのはつまらないものだよな。

バイクで走るときがいちばん生きていることを実感できる。アクセルを全開にしたいが、撮影されているのなら気をつけないといけない。

ユージさんの言うとおり、どこか生真面目な自分の性格が大嫌いだ。

昼前の下南山村を走れば右手に小学校が見えてくる。山のなかにあらわれる朱色の屋根はどこかドイツっぽい。行ったことはないから適当なイメージだけど。

役場を過ぎると右に折れる道がある。川沿いにいくつかの家が建ち並んでいて、その端っこにあるのが俺の家。二階建ての小さな家で、外壁をいくら塗りなおしても古さは消えない。今どき引き戸の玄関も珍しいだろうな。

バイクを停めていると、ガラッと玄関が開く音がした。誰がいるのかわかっていた。オンボロの白い車が駐車場にあったから。

「お、お帰り」

相変わらず気弱そうな顔にやせっぽちの体。細木《ほそき》という苗字がこれほど似合うやつはいないだろう。ちなみに名前は一雄《かずお》。こっちは似合っていない。

「具合、悪いのか？」

やめてくれよ。父親面はまっぴらなんだ。何度言っても懲りない細木が嫌いだった。今だって思わず怒鳴りかけた口を必死で閉じた。

気遣っているわけじゃない。俺の視点が放送されることを思い出しただけ。誰かを怒鳴るシーンなら、細木の顔にモザイクをかけてでも映すだろうから。

「大切な話があるんだ」

やけに神妙な顔の細木をにらみつける。俺には話なんてないんだよ。

押しのけるように玄関で靴を脱ぎなかへ入り目の前で扉を閉めた。

「お帰りなさい。早かったのね」

母親が慌てた様子で顔を出した。

顔に書いてある。『なんでこんなに早いの?』『なんで帰ってきたの?』『なんで細木さんがいるときに邪魔をするの?』

「早いとダメなのかよ」

「そういうわけじゃないけど……」

まだ若いはずなのに老けた顔の母親。こうなったのも細木のせいだ。

二階の自室へ直行しベッドに横になった。自然に舌打ちをしてしまう。

幼い俺とここへ越してきた母親が、いつ細木と知り合ったのかは知らない。物心ついたときには当たり前のようにあいつはいた。

母親よりひと回り以上も年上で、昔から髪は白髪のほうが多かった。週に一度、日曜日になるとやってくる男。宙ぶらりんな関係は見ていてイライラする。好きになろうとする努力なんてとうの昔に忘れてしまった。

「あれ……」

でも、平日に細木がこの家に来ることはなかったよな。俺が知らないだけでたまに来ていたのだろうか。

さっきユージさんがやっていたように窓越しの空を見る。クリアに見える青い空は、さっきよりも濁って見えた。

そして俺は思う。

細木さえ死ねばなにかが変わるんだ、と。

□□　**潜入！　リアリティスクール**　□□

——タイトルロゴに続きBGM

「さて第二シーズンの二話目となります。今回の主役は渡辺浩史くん。正直、意外なキャスティングだなって思いました」

「意外というと？」

「まあ……ちょっと悪い感じ？　そんな印象を受けました」

「実際、あんまり学校にも通えてないからね」

「こんなことを言ってはなんですけれど、視聴者からの批判なども……」

「実際来てたよ。『うちの子がバイクに乗りたがって困ってる』とか」

「第一シーズンの美姫さんがいい子だったので、そのギャップでしょうか？」

「僕は今回の主人公がなにかおもしろいことをしてくれるんじゃないかって期待してる。まあ、こればっかりは撮影を続けないとわからないけどね」

「おもしろいことが起きないこともあるんですか？」

「当たり前でしょ。ケーブルテレビは地上波と違い、表現方法や内容も自由にやれる。だからこそこの番組を作ったんだ。これがリアルなんだよ」

「なるほど」

「まあ、おもしろいことと言えば、登場する間宮麻未さんかな。なんでも彼女は間宮さんの妹だとか？」

「そうなんですよ。私も出演すると知り、驚いています」

「これこそリアルだな」

「それでは早速お待ちかねのＶＴＲに移りましょう。番組の最後には公式グッズのプレゼントもご用意しております」

——ＶＴＲ
テロップ。ナレーション。

『九月五日、月曜日の朝。教室は緊張した空気に包まれていた』

廊下から教室へ入る。驚いた顔のクラスメイトが映る。

椅子に座る。もう一度周りを見渡してから前を向く。

「おい、なんかあったのか？」

悲鳴のような声に続き、ガンと椅子を蹴る音。

「おい、って。……んだよ」

張り詰めた空気が続く。

「帰るわ」

立ちあがりカバンを肩にかけ廊下へ。階段にいるひとりの女子にズームアップ。

浩史に気づき足を止めた女子生徒。『間宮麻未』のテロップが入る。

「どこに……行くの？」

「いや、帰るとこ。なんか教室の雰囲気最悪なんだよな——」

そのまま暗転し、バイクを自宅へ停める場面。モザイクだらけの外観から、同じく目線にモザイクの入った初老の男性が映る。

「大切な話があるんだ」

そう言う男性を押しのけて家に入る。古い家。上がり框《がまち》をあがると母親が顔を出した。『渡辺聡美《さとみ》』の文字のテロップ。

「お帰りなさい。早かったのね」

「早いとダメなのかよ」

「そういうわけじゃないけど……」

うつむく母親の姿が静止画になる。ナレーション。

『渡辺浩史の両親は彼が生まれてすぐに離婚をした。母親には恋人がおり、浩史はそれを許していない。番組では親友であるTくんから話を聞くことができた』

Tシャツの胸元が映る。

「浩史とは仲ええよ。幼稚園から一緒やし」

コンピューター合成の声。あご下あたりでカメラは固定されている。

「おばあちゃんが亡くなってからはお袋さんとふたり暮らし。日曜日になると【ピー】さんが来るんや。はじめは噂になったみたいやけど、なんか知らんけどみんな言わんようになったたな。理由は知らんねん」

Tが腕を組む。

「あいつ、悪ぶってるけどええやつやで。ただ、いろいろ複雑なんやろうなぁ」

＊

鈍い音と同時にあっけなく倒れたタローが、裏返った声で叫んだ。

「痛てぇ！」

砂利の音が闇のなか響く。股の間に右足を入れ、そのまま胸ぐらを掴んだ。

「お前、ふざけんなよ！」

「ごめん。ごめんって！」

「なに勝手にインタビューに答えてんだよ！」

殴るつもりはなかった。怒鳴っているうちに勝手に右手がタローの頬をぶっていた。

続いて左を打ちこもうとして我に返る。

すんでで手を止めると、

「くそっ」

掴んでいた手を乱暴に離した。

「悪かったよ。テレビ局の人が『どうしても』って言うし。それに、金もくれるって……。仕事がうまくいってへんから受けてしもうてん。ほんまに悪かったって」

涙を流して謝るタローを見て今さらながら思う。

……こんなのも放送されるのか？

さっきユージさんの部屋で放送を見せてもらった。興味がない、といびきをかいて寝てしまったユージさんの横でつけたテレビに俺が映っていた。

最後に流れたインタビューを見て激高した俺は、タローを呼び出したのだ。

「マジ見損なったわ」

土下座までするタロー。夜の池神社は暗く、ほかに人の姿はない。

本堂にある石階段に腰をおろすと、おずおずと体を起こしたタローも横に座る。

「なんで俺なんだよ。なんか理由を聞いてんのか？」

「いや……。それは、その……」

口ごもるタローの肩をグイと引き寄せる。

これ以上嘘言ったら、わかってるよな？　言葉に出さない脅迫が伝わったようで、タローはがっくりと首を垂れた。

「なんか、浩史ん家《ち》って複雑やろ？　そういう家族関係に焦点を当てたいんやって」

「複雑じゃねーし」

「でも、ほら細木さんて微妙やない？　おばさん再婚とかしないの？」

「そういう話、しないから知らね」

再燃する怒りに声が荒くなる。

「人ん家のプライバシーに突っこむなんてクソだ。って、それなに？」

タローの腰からぶら下がっているキーホルダーに目をやると、あからさまに狼狽した顔で隠そうとする。無理やり奪うと、丸いアクリル製のキーホルダーに『潜入！リアリティスクール』のロゴマーク。

「公式グッズなんやって。インタビューの礼にくれたんや」

「……は？」

「いや、怒るのはわかるで。でもさ、ここだけの話……あ、ここカットしてや」

宙に向かって言ったあと、タローは声を潜めた。

「浩史にもすごい金額の出演料が入るんやって。しばらく我慢してればひとり暮らしできるんやで」

俺が黙ったのを肯定と受け取ったのか「それにさ」とタローは続ける。

「もう来週分くらいまでは収録終わってるはずや。実際の放送とはタイムラグがあるんやって。撮影期間なんてあとちょっとやって」

この数日俺はなにをしていたっけ？

学校はそれなりに行っている。夜はユージさんの部屋で時間をつぶしてから帰ることが多くなった。

細木がやたら家に来ることが増えたせいだ。帰るたび俺に話しかけてきて、それを拒否することが続いている。

「なあ」と言われて顔を向けると、タローがおどおどした目をしている。

「なんでおばさんと細木さんの再婚、認めないんや？」

「は？」

「いや、その……もう十年以上もつき合っているんやろ？　おばさんが再婚しないのは、浩史が反対してるからちゃうん？」

ずっと避けてきた話題を振ってくる理由がすとんと腑《ふ》に落ちた。こいつ、テレビ局に言われて聞いているんだ。

親友だと思ってたけど、少しの金に目がくらむようなやつだったんだな。

それは俺も同じか。大金が手に入ると聞いて、怒りがどっかへ消えてしまったし。

最後まで主役を演じる。別に難しいことじゃない気がしてきた。

「反対なんてしてねーよ。そもそも、ちゃんとした紹介もされてねえし」

本当のことだった。子供の頃何度尋ねても『友達』という答えしか返ってこない。

それが俺の疑問を育て、ふたりへの嫌悪感を風船みたいに膨らませた。

「もし言われたらどーするん？」

「さあな。結婚するのは俺じゃねーし」

インタビューはここでおしまい。

エンジンをつけると夜の闇をヘッドライトが照らした。

まだなにか言いたそうなタローを残し、俺はアクセルを回した。

夜を切り裂いて走るバイク。このままどこかへ消えてしまえればラクなのにな。


翌日は自主休学をした。

最初はバイクで学校へ向かっていたのだが、山道の途中でたくさんの見学者の姿があり、門のあたりに人がごった返していた。

何人かが俺に気づき声をあげるのを見て慌てて引き返した。家に帰るのもはばかられ、そのまま五木さんの事務所へ向かう。

事務所の裏手にまわり、バイクを隠すように停車しているとスマホが鳴った。ディスプレイに『麻未』と表示されている。

通話ボタンを押すと、

『今、どこにいるの？』

くぐもった声。学校にいるのだろう、うしろでチャイムの音が聞こえる。

「今日は休むわ」

『うん』

「怒らないんだな」

『だって、あれはないもん』

少し不機嫌そうな感情を滲《にじ》ませている。

『私、さっき校長先生に抗議しに行ったよ。いくらなんでもあれはないです、って。ちなみになににについてかは言わないよ』

停学を恐れて番組名は言葉にできないのだろう。

『誰の意志も尊重せず強引に進めるなんておかしいと思う。だけど校長先生は聞く耳なし。だからヒロは休んでよし』

明るい口調に少しだけ救われた気分になる。

『ね、ヒロ。見たでしょう？　私のお姉ちゃん——』

「ああ、テレビ局で働いてるもんな」

『なんかごめんね。文句言いたいんだけど、もうずっとしゃべってなくてね……』

「そんなこと別にいいよ」

まぶしい青空に目を細めながら答える。

どうだっていいし、麻未の姉妹関係がよくないことも知っている。

『でも……』

「いいって。これも録《と》られてるんだぜ」

裏口の戸が開き、ナツキさんが姿を見せた。

俺がいると思わなかったのだろう、驚いた顔をしたあと駆けて行ってしまった。顔には新しい内出血と、涙があった。また殴られたのか……。

「ごめん、もう切るよ」

通話終了ボタンを押し、入口へ向かう。

「よお」

社長椅子で手を挙げる五木さんに本当はひとこと言ってやりたい。けれど、言葉にはならず、ため息に変わるだけだ。

「朝から辛気臭い顔すんな」

珍しく自分で冷蔵庫からペットボトルのお茶を渡してくれた。

「このお茶は奈良県で栽培された茶葉のみを使用しているんだぜ」

自分のぶんのペットボトルを持ちラベルを俺に見せてくる。『奈良県産茶葉100%使用』の文字が目に入る。

「浩史の大好物だもんな」

「そんなこと言ったことないすよ」

むしろ緑茶は苦手だ。苦い顔の俺に五木さんはゲラゲラ笑う。

「てか、お前ヤバいな。日本中から注目されてんじゃん」

「見たんですか?」

「もちろん見逃すわけねーだろ。ちなみに俺もコンタクトカメラつけてんだ」

「……え?」

ニッと歯を見せた五木さんが自分の目を指さしている。

「テレビ局の人に頼まれてさぁ。地域貢献の一環として参加したって感じ。ええと、地元で愛される五木建設は『潜入! リアリティスクール』を応援しています」

「この間まで興味なさげだったくせに、なんだよそれ」

思わずエラそうな口調になってしまうが、気にしている様子もなく五木さんは足を組んだ。

「そういえば、習志野ってスタッフかわいいな。ああいう女、めっちゃタイプやわ」

「そういうこと言わないほうがいいです。ナツキさんが知ったら悲しみますよ」

さっきの姿が頭に浮かぶ。あんな思いをしてまでなんで一緒にいるのだろう。

「いいんだよ。あいつ、そういうの気にしねーから。それより五木建設についてちょっと話そうか」

テーブルに置いてある資料を手に取る五木さんに、

「よくないです」

俺は言っていた。

「あ？」

顔色が変わるのを見ても、次の言葉が止められなかった。

「さっきナツキさん泣いてました」

「お前には関係ねえだろ」

「関係あります。あんな殴られてかわいそうじゃないですか。なんで傷つけるんですか？　体だけじゃなく言葉でも傷つけるなんてひどいですよ」

まるでダムが決壊したように感情が次々に言葉になっていく。なのに五木さんは笑みを浮かべて俺を見ている。けれど、空気が変わるのを肌で感じる。

紫のレンズ越しの目が鋭く射抜いている。

「お前、もう帰れよ」

笑みを浮かべたまま言った声は、聞いたことがないくらい冷たかった。


自主休学は一週間以上続いた。今日は木曜日。

五木さんの事務所には顔を出していないし、タローに会う気にもなれない。ユージさんの部屋にも行かなくなった。

自粛は意外に快適だった。そもそも奈良ケーブルテレビに入っていない我が家であの番組は見られない。家にさえいれば情報が入ってくることもない。

担任の先生から様子をうかがう電話がきた。見学者が集まらないように、池峰山の入口にも門を作っていることを教えてくれた。

『地元警察も協力してくれているので、来週からは駐車違反なども取り締まってくれます。これで少しは見学者は減ると思いますから』

なんで残念そうな口調なんだよ。

「わかりました。次からは行きます」

なにかしらアクションを起こしてほしいのは、テレビ局側だけじゃないんだろうな。今や番組は村おこしみたいに盛りあがっているらしい。

電話を切ると同時に玄関のチャイムが鳴った。続いて「渡辺くん」と俺を呼ぶ声がする。知らない声だ。

まさか視聴者に家がバレたとか……？

そっとドアに近づきスコープから覗くと、緑色のTシャツ姿の男性が映った。

「すみません。奈良ケーブルテレビの樋口です」

「……なんすか？」

ドア越しに尋ねる。

「あの、少し話がありまして……。今日は撮影しにきたわけじゃないんです」

思いつめたような口調が気になったが、俺はだまされない。放送の映像が足りないから来たに決まっている。

ドアに耳をつけていると、「わかりました。このまま話します」と樋口は言った。

「先週の放送、きっとご覧になられていませんよね？　学校のシーンが少ないので、テーマは渡辺くんの家族関係に移ってきています」

思わず耳を疑った。樋口が続ける。

「俺はテレビ局側の人間だから信用してもらえないかもしれないけれど、番組のやりかたには同調できない部分があるんです」

気づけばドアのロックを外していた。樋口はホッとしたような顔をしている。至近距離で見たことがなかったけれど、想像よりもかなり若い。

額に汗を浮かべた樋口が玄関に入るとすばやく礼をした。

「で、同調できないってなんで？」

あくまで冷たい目をキープしたまま尋ねる。樋口は一瞬気圧《けお》されたように口をつぐんだが、背負っているバックパックから一枚のＤＶＤを取り出した。

「来週分の放送データです。本来ならいけないことなんですが、どうしても我慢できずに持ってきてしまいました」

「タローのインタビューも？」

「いえ、彼は『二度と出ない』と断ってきました。だから、番組は君の家族に焦点を絞ったんです。とにかく一度見てもらえませんか？」

あまりに真剣な口調に、俺は二階を指さした。

「じゃあ一緒に見よう。ちょうど退屈してた。クレームがあるならあんたを怒鳴りつければいいんだろ？」

無理やり樋口を二階へ連れて行くと、古いＤＶＤデッキに真っ白いディスクを飲みこませる。

すぐに画面が切り替わり、番組がはじまる。

「ちょっと飛ばしますね」

急いでいるのか、樋口はリモコンを手にすると早送りで飛ばしていく。

□□　潜入！　リアリティスクール　□□

暗い視界の先に、スポットライトのように朱色の鳥居が見える。

「なんか、浩史ん家って複雑やろ？　そういう家族関係に焦点を当てたいんやって」

声にカメラが横を向くと、タローが気弱そうにうつむいている。もうモザイクはかかっていない。

「複雑じゃねーし」

浩史のぶっきらぼうな声。

「なんでおばさんと【ピー】さんとの再婚、認めないんや？」

「は？」

怒ったような声にタローが、

「いや、その……」

口ごもっている。

「結婚するのは俺じゃねーし」

吐き捨てるように言うと浩史はバイクにまたがる映像が暗転すると同時に、明るいBGMとともにナレーションが入る。

『さあここで皆さんにプレゼントのお知らせです。今のシーンでタローが身に着けていたキーホルダーに気づきましたか？　浩史はどうやら気づいたようですよ』

神社に座るふたりが遠目に映し出される。

「って、それなに？」

浩史視点に戻る。手の上にキーホルダーが載っている静止画。

「公式グッズなんやって」

タローの声のあと、別撮りしたキーホルダーが映し出される。

『番組公式グッズその①「番組ロゴ入りキーホルダー」です。こちらは番組HPにて購入することができます。ほかにも「番組ロゴ入り扇子」などがあります。また、「下南山村のお茶」が明日より発売されることが決定しました』

五木の事務所が映り、浩史がペットボトルのお茶を手にするシーンがスロー再生。

「このお茶は奈良県で栽培された茶葉のみを使用しているんだぜ。浩史の大好物だもんな」

五木の声がかぶさる。

画面には五木が持つペットボトルのラベルがアップで映っている。

『奈良県産茶葉100%使用、「下南山村のお茶」』のテロップ。

『「下南山村のお茶」は近畿圏のファミリーコンビニ限定で明日より発売開始です』

ナレーションのあと場面は変わり、モザイクのかかった細木がドアの前に立っている。玄関の中には母親が不安げな顔を見せている。

テロップに『母親と話し合うH氏』の文字。

「困ったね。このままじゃ……」

遠目のふたりが揺れる画面のなかで映っている。

「そうね。あの子にちゃんと言わないと、番組のこともあるし」

「僕から言うよ。といっても話を聞いてくれないけれど……」

「私が悪いのよ。あの子にちゃんと向き合っていないから」

ボソボソ話すふたり。

あたりを警戒するように見渡したあと、細木が「とにかく」と口を開く。

「このままじゃとんでもないことになる。早く話をして理解してもらわないと」

「どうすればいいの？　あの子、私たちと話もしてくれないのに……」

フェードアウト。

――スタジオに切り替え
アナウンサーの前にお茶のペットボトルが置かれている。

「すごい展開になってきましたね。浩史くんも学校に行かなくなったようですね」

「まあこればっかりは、シナリオがないのでどうしようもないね」

「家庭環境が複雑なのって辛《つら》いですよね。私の家も実は関係がいいとは言えない感じなので、浩史くんのもどかしさや苛立《いらだ》ちがよくわかります」

「親は選べないし、子も選べないからね」

「それにしても山本さん、最後のシーン意味深ですよね。浩史くんのお母さんとHさんは、いったいなんの話をしていたのでしょうか？」

「実はこれに関して、すごい情報が飛びこんできたんだよ。来週の放送ではお伝えできるかな」

「ええ、それってどういうことなんですか？」

「まだ秘密だけど、予想だにしない事実が判明したことだけはお伝えしておこう」

「来週も楽しみですね。ところで本編中に出てきたお茶とキーホルダーをスタジオにご用意しました。こちらのお茶は――」

＊

アナウンサーがお茶を手に持ったところで画面は切れた。

「……んだよ、これ」

頭がぐるぐる回る。今の映像はなにかの冗談なのか？

「これが三日後の日曜日に放送されます」

正座をしたままで樋口がうなだれている。

「おかしいだろこんなの。お前ら、五木さんまで仲間に入れたのか」

「すみません」

モザイクがかかっていないってことは、五木さんは同意書にサインしたってことだ。

五木さん視点としか思えない映像や、事務所内を映す映像もあった。

あのお茶は番組から頼まれてCMもどきをしていたってことか……。

「今のVTRにありましたが、番組は細木さんに関して重大な情報を入手したそうです。が、俺には教えてもらえませんでした」

「こんなDVD持ってくるあんたが、知らないはずねーだろ」

「これは俺が勝手にやっていることで――」

樋口の胸ぐらを掴むのに一秒もかからなかった。床にたたきつけ馬乗りになる。

「ふざけんなよ！　人のプライバシーを無茶苦茶にしやがって。俺を壊すためにやってんのかよ！」

殴ってやろうと思うのに、力ない目で俺を見る樋口に怒りは急速に静まっていく。風船がしぼむ、というより弾《はじ》けた感じに似ている。

怒りはいつだって一瞬で沸点に達し、自分の意志を超えた行動をしてしまう。

乱暴に腕を払い床にあぐらをかくと、樋口はゆっくり上半身を起こした。

「信じてもらえないのは承知しています。俺も番組の方針、局の方針に従おうって何度も誓いました。でも、できないんです。やっぱりこんなのおかしいって思ってしまうんです」

「信じられるわけねーだろ。現に、俺の周りのヤツらはみんなそっち側じゃん」

四面楚歌《しめんそか》とはよく言ったもんだ。なんで俺ばっかりこんな目に遭うんだよ。

これもぜんぶ、細木のせいだ。

あいつが俺のそばにいる限り、平和は訪れることはない。

怒りが憎しみになり殺意へ成長している。

——顔に出してはいけない。

「なあ」

俺の声に樋口はゆるゆるとこっちを向いた。疲れているのだろう、ひどい顔をしている。

「なんのためにこれ持ってきたんだよ」

「それは、伝えたくて——」

「教えてもらっても余計にイライラが募るんだよ」

「ですよね」しょげた顔の樋口が「でも」と顔をあげた。

「やっぱりこんな番組作るべきじゃないんです。俺にも妹がいますが、情報をさらされたら許せないと思ったんです」

本当だろうか。もう誰を、なにを信じていいのかわからない。

「俺はきっと会社をクビになると思います。その前にどうしても伝えたかった」

樋口の目を見ずに俺は言った。

「もう帰れよ」

あの日の五木さんもこんな気持ちで言ったのだろうか？

七色《なないろ》ダムは下南山村から南に下った場所にある。スポーツ公園近くにある池原ダムの下流にあたり、三重県熊野《くまの》市に位置している。

なぜ七色ダムと呼ぶのかは知らないが、どの時期も釣り人でにぎわっている。

レンタルボート屋の駐車場にバイクを停めた。

『明日、朝の七時にパワースポットに来て。返信はしないで』

ショートメッセージを送ってきた相手が俺に気づいて軽く手を挙げた。

「おはよう」

まるで教室で会うみたいな口調で麻未は言った。湖より濃い青のワンピースだ。

「よくあの暗号を解けたじゃない。えらいえらい」

昔から麻未は七色ダムを「パワースポット」と呼んでいて、なにかにつけて来たがった。中学のときに家出をしたときも、自転車でここまで来ていたほどだ。

柄にもなく俺は朝から緊張していた。

昨夜、ＤＶＤの内容が放送された。麻未が呼び出したのはその話に他ならないからだ。

「とりあえず、ボートに乗ろうよ」

「は？」

さっさとボート乗り場に向かう。

これまでもボートの上でいろんな話をした。と言っても、ほとんど麻未の相談ばかりだったけれど。

釣り人はすでに朝日まぶしい水辺で釣り糸を垂れている。受付の脇をすり抜けると、一艘《そう》のボートがあり、そこに思いもよらない人が乗っていた。

「ナツキさん？」

今日も痛々しいほどに頬を腫らせたナツキさんが座っている。モノトーンのシャツとスカートが影みたいだ。

「ほら、早く乗りなよ。あんたは一応有名人なんだから気づかれちゃう」

麻未がせかしてくる。

「たぶん圏外だから撮影されないと思うけど、安全策を取ろうってことになったの」

え、と麻未を見るとぶうと怒った顔をした。

「私のこと疑ってるとか言わないでよね。これでも無断欠席なんて一度もないの。学校をサボっちゃうくらい心配しているんだからね」

「いや、なんにも言ってねえし」

渋々ボートに乗ると、麻未が「あっち」とさらに下流のほうを指さした。

いつだって漕《こ》ぐのは俺の役目だ。

七色ダムの水は美しく、朝はまた格別の景色を見せてくれる。

なんだか、ぜんぶが嘘みたいだ。俺が番組の主役であることも、ここにいることも。

ある程度奥へ進んだところで、麻未の指示により俺たちは船の中央に顔を寄せた。

やっと話ができるらしい。

「今日あんたを呼んだのは、状況を説明するため。ってわかってるよね？」

「まあ……なんとなくは」

「ナツキさんが車でここまで連れてきてくれたの」

見るとナツキさんは気弱そうにほほ笑んだ。そういえば駐車場に彼女の車らしきものを見た気がする。

「じゃあ言うよ」

麻未の声に視線を向ける。これも撮影されていなければいいけど。

「昨日の番組って見てない？　だったらネットにあがったやつがあるけど」

「なんとなくは見せてもらってる」

「ひどいよね。ネットニュースでもすごい騒がれてるの知ってる？」

スマホを取り出そうとする手を制止した。

「知らないけど見たくないわ」

「そう、だよね」

悔しそうに唇をかむ麻未がらしくないと思った。

「じゃあまずはナツキさんからね」

司会役の麻未に促され、ナツキさんは軽くうなずいた。そして小さな声で「ごめんなさい」と言った。

「それは、五木さんが俺を裏切ったことですか？」

尋ねる俺に力なくうなずく。パンダ顔が痛々しくて目を逸らせた。

「テレビ局の人に言われて、承諾したんだって。あたしも全然知らなかったの」

「そうですか」

こんな何回も殴られて傷だらけなのに、なんでかばえるんだろう。大人の恋愛は俺にはわからない。

「会社もうまくいってなかったからお金が必要だったんだって。でも、急に浩史くんこなくなったでしょう？　今はすごく反省しているの。『合わせる顔がない』って言ってた。もちろん、撮影もぜんぶ断ったのよ」

言葉はなんて無力なんだろう。誰がどんなことを考えていても、表に現す言葉なんてただの記号だ。嘘をついたってわからない。だったら俺も嘘をつけばいい。

「わかりました。また顔を出しますね」

笑顔を作る俺にナツキさんは「ありがとう」と答えた。

お腹のなかでまたどす黒い感情が貯金されていく。重いコインでどんどん息が苦しくなる。

「ナツキさん、あのことも言って」

麻未が口を開いた。ナツキさんが右手を頬に当てたのを見て察する。

「あー、別にいいっすよ」

聞いてしまったなら細木に向いている殺意が五木さんにも飛び火しそう。躊躇《ちゅうちょ》したように口を閉じるナツキさん。

それでいい。聞いたってどうしようもないことなんだから。

なのに、「ダメ」と麻未がきっぱりと言った。

「ちゃんと言わなくちゃ」

促されるようにナツキさんは顔をあげた。

「いつも殴られて傷だらけでしょう？　きっと気づいているだろうなって」

「ああ、でも――」

「五木じゃないよ」

きょとんとする俺にナツキさんは顔を背けた。

「これ、やった の五木じゃないよ。あの人はかばってくれてるだけだから。でもきっと浩史くんは勘違いしているんだろうなって」

「かばう、って……。誰から？」

また嘘をついているんだろう、と思った。けれど、眉間にシワを寄せ目をつむるナツキさんがリアルすぎて息を止めていた。

「うちの父親なの。お酒を飲むと殴るんだよ」

絞り出すような小さな声だった。

「それって……」

「五木は『一緒に住もう』って言ってくれてるんだけど、親を捨てるような気がしてうなずけないの。あんな人でも父親だしさ……」

驚きのあまり返事ができない。ナツキさんの父親など知らないし、そんなことになっているなんて、もっと知らなかった。

「そんなの、おかしいですよ……」

「そうだよね」薄く笑ったナツキさんが首を横に振る。

「自分でもおかしいって思う。自分を殴った父親をかばって、自分を殴った手を握りしめる。そしてもう許しているの」

麻未はまるで自分が当事者であるかのように、苦しそうな顔をしている。

「でも、言ってくれたらいいじゃないですか。五木さんだってそうですよ。はじめから説明してくれれば誤解しなかったのに」

ひとりで苦しんでバカみたいだ。なんだよそれ……。

「違うと思う」

麻未の否定に思わずにらみつけてしまった。が、麻未はじっと悲しい目で見てくる。

「ヒロの昔からの欠点。自分からはなにも聞かないでしょ。私が悩んでいても、こっちが話すのを待っているだけ。ナツキさんだって……ふたりの立場になって考えてみてよ。自分たちから説明したら、お父さんを悪者にするだけじゃない」

なんで麻未が泣いているんだろう。

「ヒロに足りないのは、自分から聞く勇気だよ」

こんな朝早くからボートに乗ってなにやってんだ、俺。

「みんなヒロに言いたいことがあるんだよ。細木さんだってきっとそうだと思う。言わせないようにしてるのはヒロ自身だって――」

「わかったよ」

言葉途中で遮ると、麻未は傷ついたような顔をした。

そういう顔を見たくないから、自分からは聞かないんだよ。

言えるはずもない言葉を飲みこんで、俺は笑顔を作る。

「もう帰ろうか」

帰るってどこに？　俺の居場所なんてどこにもないのに。


「久しぶりだな」

ユージさんは、あいかわらず酒臭い。

それよりも違和感がある。あんなに散らかっていた部屋はきれいに片づいていて、窓際にボストンバッグがひとつ置いてあった。

「また違う現場へ移動するんだよ」

「五木建設を辞めるってこと？」

「もうそろそろ秋だろ？　腰が悪いから寒い場所は苦手なんだよ」

赤ら顔で言うユージさんのそばに座る。

コップに焼酎をつぎ足すと、ユージさんは俺の肩を抱いた。

「なんなら一緒に行くか？」

「行くってどこへ？」

「どこでも行ける。俺たちは自由なんやで！」

ずいぶん酔っているらしく、体を引きはがしたあともゲラゲラ笑っている。

「テレビ局のやつらがこないだ来たで。習志野とかいう女子で、かわいかったなあ。……そんな顔すんなや。すぐに追い返したったから」

嘘だらけの今、ユージさんだけは信用できる。

「あー、これ捨てといて。あの女、こんなもの玄関に置いて帰っててん」

受け取ったペットボトルを眺めた。このせいで五木さんにも会えなくなった。やっぱりお茶は嫌いだ。

流しにお茶の中身を捨てていると、「なあ」と呼ばれた。

「そろそろはじまるで。俺はあかん、眠いわ」

いつものようにユージさんは横になって寝る体勢になってしまっている。

今日は日曜日。あの番組が放送される日だ。

麻未たちと話をしたのが月曜日。あっという間に時間は経つものなんだな。

この数日、学校にもきちんと行っている。

麻未以外は話しかけてこないけれど、少しは映像の素材を与えたかった。

この放送を見たあとに、自分の行動は決めるつもりだった。

テレビをつけてあぐらをかくと、ユージさんはまぶしそうに眼を細めた。

時報とともに番組がはじまる。

□□　潜入！　リアリティスクール　□□

「高校生のリアルを放送する『潜入！　リアリティスクール』。こんばんは、間宮涼花です」

「山本です。よろしく」

「さて第二シーズンも佳境ですね。今日は特別編ということですが？」

「前回の放送で、渡辺浩史くんの家族について取りあげたよね」

――渡辺家相関図に切り替え
「ご両親は彼が生まれてすぐに離婚をしている。母親の聡美さんは実家である村へ戻ってきて女手一つで彼を育てた。しかし、我々が彼を取材していくなかで、ある男性が足繁《あししげ》く通っていることがわかったんだ。名前をHさんとします」

「このHさんが、ずっと気になっていました。Hさんは聡美さんの恋人ですよね」

「それはまだなんとも」

「結局、家庭環境ってダイレクトに子供に影響しますよね。正直、浩史くんの気持ちがちょっとわかるんですよね。家に帰って、父親じゃない男性がいるのって……」

「今回は、そのHさんに焦点を当てているんだよ。放送していいのか悩んだけど、やはリアルを伝えたいと決断をしたわけです、はい」
――画面切り替え
浩史の写真にズームしながらナレーション。
『渡辺浩史、十八歳。金髪に鋭い目、交友関係は浅く学校も休みがちな高校三年生。彼の家に時折現れるHさんとは一体誰なのか、近所の人に話を伺った』
――インタビュー①
テロップ『近所の女性』。首から下あたりをカメラは捉えている。
「ええ、聡美さんは本当に苦労なさってねぇ。浩史くんは昔っから人見知りでしたわね。挨拶してもプイって横を向いてしまう子でした。それは今も変わりません」
テロップ『H氏について』
「知りません。別にいいんじゃないですか？　独身同士ですもの。なにか問題でも？」
――インタビュー②
テロップ『近所の男性』
「は？　知らんがな。なに言うてんねん、ひと様のことなんて放っておいたれや」
――インタビュー③
テロップ『スーパー店員』

「あーごめんなさい。そういうことはお答えできないんですよ。Hさん？　ああ、お見かけしたことはありますよ。感じいい人です。それより、こちらご覧ください。『下南山のお茶』は一部コンビニ限定発売なのですが、地元ということでここでも取り扱わせてもらっています。ぜひお立ち寄りください」

――画面切り替え

目にモザイクがかかっているH氏の動画にかぶせてナレーション。

『近所の人の口は重く、H氏についての詳細は得られなかった。そこで我々はH氏についての情報をホームページに掲載し情報を募った。そんななか、ある男性の貴重なインタビューを得ることに成功。彼から語られる驚くべき真実とは？』

――CM

下南山村で採れた茶葉だけを使用。あの人も飲んでいる「下南山村のお茶」。全国のファミリーコンビニで発売中！

――インタビュー④

テロップ『奈良市在住の男性』

「テレビ見てましたわ。そしたら【ピー】さんによお似た人が映ってましてな、びっくりしましてん。ええ、【ピー】さんで間違いないですよ」

テロップ『どういうご関係ですか？』

「【ピー】さんとこは上南山村で店をやってましてな。あー、話してもええんかな……。まあ、食べ物屋さんを経営しているんですわ。日曜日が定休日やからそこで渡辺さんの家に通ってたんかな。でもまぁ、あんまりいいことではないと思うわ」

テロップ『いいことではない、というのはどういう意味ですか？』

「んー。なんていうか……。まずかったらカットしてや。あのな、Hさんとこの店は夫婦でやっとんねん」

テロップ『H氏は既婚者？』

「Hさんには奥さんがいるんや。だから番組を見てびっくりしてな。迷ったけど、やっぱりこういうことはきちんとせんと……？　間違いを正したくて連絡したんや」

――スタジオに切り替え

「衝撃の内容でしたね。Hさんが結婚していたなんて驚きです」

「地元の人は口が堅くて、異常なぐらいになにも話をしてくれない。ひょっとしたら、Hさんが妻帯者と知っていたのではないかな。まあ、個人の感想だけど」

「浩史くんかわいそうですね。番組にも今、同じような意見がぞくぞくと寄せられています」

「あくまで仮定の話だけど、本当なら世間的には許されないことだからねぇ」

「さて、来週は『最終回直前スペシャル』と題し、ここまでの第二シーズンを一挙振り返ります。見逃した回があるかたは必見ですね」

＊

気がつけば番組は終わっていた。

なにか音がしているなと思ったら、あぐらをかいた自分の膝がちゃぶ台に当たっている音だった。膝の震えが伝わり小刻みな音を生んでいる。

ユージさんがリモコンでテレビを消すと、気まずそうに俺を見た。

「さすがにあかんよな、今のは……」

ボリボリと頭を掻いてから、マルボロに火をつけた。

「なあ、浩史は細木さんが結婚していること、知らんかったんか？」

やたら喉が渇いてうまく声が出せない。ユージさんは「まだあるで」とさっきCMでやっていたペットボトルを渡してくれた。

一気に飲み干すと、あえぐように息をついた。

細木が結婚している？ 遠い昔、会話のなかで聞いたような記憶があるが、離婚したんじゃなかったっけ……。てっきりそう思いこんでいた。

ゆらりと立ちあがる俺に、ユージさんは目を丸くした。

「どこ行くんや？」

どこへ？　わからない。

なんにも見えない世界に俺はひとりぼっちだ。

ぼんやりとする俺の手を引いて無理やり座らせると、ユージさんは煙を吐いた。

「だいぶ混乱してるな」

「なにがなんだかわかんねぇよ」

自分の口から出ているとは思えないほど弱々しい声。ユージさんは悩むように首をかしげてから口を開く。

「実はな……仕事、クビになってん」

「……え？」

「腰痛も嘘や。それが社長にバレてな。クビになったから出ていくしかない」

あはは、と笑ったあと、ユージさんは真顔に戻って俺を見た。

「人間なんてろくでもないやつばっかや。あの社長だってなに考えているかわからん。いきなりエラそうに怒鳴りやがって。って俺も人のこと言えへんけどな」

励ましてくれていることがようやく理解できた。

「俺はこの村を出る。浩史にはずいぶん世話になったからな、最後に救いたいんや」

「……救う？」

「まずはコンタクトカメラを外せ」

「え……でも――」

「少しの間だけやから大丈夫や。俺にいいアイデアがあるんや」

ヤニで汚れた歯を見せ、ユージさんは笑った。


翌日は雨だった。

結局、遅くまでユージさんと話しこんで、気づけばそのまま寝てしまっていた。

南へ向かうというユージさんをバス停まで見送りたかったが、

「別れは苦手やねん」

とあっさり断られた。カサに隠れるように道を下り、金物屋へ向かった。

店のおばさんは俺を見て驚いた顔をしたあと、眉をハの字にした。

「番組見てるけど大変やな。昨日も抗議の電話したんやで。いくらなんでもあれはやりすぎやわ」

「大丈夫です」

「そやかて、細木さんのことまで持ち出して――」

「本当に平気ですから」

どうでもいいよ。体と心がふたつにわかれたみたいに笑って言えた。

俺が手にしたのは果物ナイフに毛が生えたくらいの大きさ。「柿を食べる」と言った俺を、おばさんは疑った様子もなかった。

『俺にいいアイデアがあるんや』

ユージさんの声がまだ頭でぐるぐる回っている。

——ふと。

なにか、頭のなかで疑問のようなものが浮かんだ気がしたけれど、すぐに雨に流れてしまったようだ。

店をあとにし、ひとり歩いて彼の寮へ戻る。

もうユージさんはいないんだな。それだけでひどく不安になる。

駐車場でバイクのキーを取り出していると、黒いシビックが横に停まった。

運転席から顔を出したのは、五木さんだった。

「乗れよ」

怒ったような顔。いや、怒りに満ちた顔だ。ナツキさんから聞いた『反省している』の話と違う。

「バイクで帰るんで大丈夫です」

「いいから乗れ！」

大声をあげる五木さんに驚きながら、

「いいんですか？」

俺は尋ねていた。

――五木さんも殺しちゃっていいんですか？

うしろのドアを開けると、麻未が座っていた。予想外のことに驚いてしまう。

「早く乗れ。今日はやたら見学者が多い」

五木さんが言うように、たしかに見かけない車が走っている。俺が乗りこむと滑らかに車は走り出した。

こういう景色を見るのも最後になるんだな……。

しっかりしろ、と自分に言い聞かせる。五木さんと麻未の目的はわからないけれど、俺にはやることがある。そこまでは演じ続けないといけない。

俺はあの番組の主役なんだ。だとしたら最後まで操り人形みたいに動いてやる。

ラストシーンで起こす事件を知れば、世間はあっと驚くだろう。そして、初回の伏線が回収されたことに感嘆するに違いない。

決心をたしかめるように買ったばかりのナイフをポケットの上から確かめた。

――殺してやるんだ、あいつを。

車は七色ダムの駐車場で停車した。

「ここなら圏外になっているはずです」

麻未の言葉に、五木さんは運転席から後部座席へ移ってきた。ふたりが俺を挟む形になる。

「……なんすか。こんなとこに連れてきてなんだって言うんですか？」

怒りの感情がどんどん大きくなっている。なんで俺の邪魔をするんだよ。

これから俺は……。

「細木さんを殺しに行くんやろ？」

窓の外に顔をやったまま、五木さんは言った。

「え……」

「ゆうべ、細木さんにメールしたんやろ。『朝、家に来てください』って」

「どうしてそれを……」

このことはユージさんしか知らないのに。まさかユージさんが？

それよりもなにか言い訳をしないと……。

「ただ話をしたかっただけです」

大きなため息をついた五木さんが、「アホ」と口にした。

「お前はほんまにアホや。金物屋でナイフ買ったのも知ってる」

「買ってません」

子供でも言わないような言い訳に、五木さんがようやく俺を見た。

「昨夜、コンタクトカメラを外したんやって？　時間にして五十二分間。不審に思った樋口さんが、そのあとずっと動画を監視してくれたんや」

あいつ、やっぱり裏切り者だったんだ。悔しくて唇を知らずにかんでいた。

「この間、麻未やナツキに言われたんやろ。自分からちゃんと質問をしろ、って。それやのに、なにひとつ質問もしないで細木さんを殺すんか？」

「五木さんには関係ないです」

「そうかもな」

俺の答えに五木さんは薄く笑った。

「でもな、ひとつだけ言っておくわ。細木さんはお前のお袋と恋人なんかじゃない。これは近所の人はみんな知ってることなんや」

「……どうでもいいです」

そんなことより時間がない。早く家に戻り細木を殺さないと。そうしないと俺の主演舞台の幕は下りないのだから。

雨が車を覆うように降っている。

「あのね、ヒロ」

口を開いた麻未が少し迷ったような表情になった。

「私も細木さんのこと知ってたよ。あの人、ずっとおばさんのこと守ってくれてたんだよ。細木さんの奥さんも協力してくれてるんだよ」

「は？　ふざけんなよ。そんなこと知らねーし」

「ヒロが知ろうとしないからじゃない。おばさんだって細木さんだって、何度も話をしようとしてた。聞かなかったのはヒロのほう。おばさん、『浩史は傷ついている。だから本当のことは言いたくない』って言ってたよ」

「俺は傷ついてなんかいない。なんだよ、それ。寄ってたかって俺をバカにしやがって！」

怒鳴る俺に、麻未は悲しい瞳でうつむいた。傷つくのはいつだって俺じゃない。俺がなにかを話せば相手を傷つけてしまうんだ。

ユージさんだけが、俺を守ってくれようとしているんだ。

そのときになってふと、さっき浮かんだ疑問がまた思い出された。

……ユージさん、昨日関西弁でしゃべってなかったっけ？

いや、たしか生まれは静岡県だと言っていた。全国を旅して回っているうちに関西弁が染みついたのだろうか？

頭のなかがうまく整理できない俺に、麻未が言った。

「知ってる？　私の両親も離婚してるんだよ。今のお父さんは、私が二歳のとき……ヒロが引っ越してくる直前に再婚した人なの」

思いもよらない告白に、絶句してしまった。

「よく私の名前をバカにしてたでしょ。間宮麻未、ってたしかに『マミヤマミ』って呼べるもんね。でも、元からじゃない。三回苗字が変わっているんだよ。一回目は前の父親、二回目はお母さんの旧姓。そういうのも知らなかったでしょう？」

なにも言い返せない。

「なあ、浩史。もう少し強くなれよ」

「俺は……弱くないです」

「弱いんだよ。どんなことでも自分から知ろうともしないで、勝手に想像を膨らませてるだけだ」

気がつくと五木さんの手には、さっき俺が買ったナイフがあった。

「返せよ！」

手を伸ばした次の瞬間体を折っていた。鈍い痛みにあえぐ。腹を殴られた……。

くそ、くそ！　なんの涙かわからないものが頬に流れた。

「お前のお袋がなんで離婚をしたのか、聞いたことあるか？」

聞いたことなんてない。俺には関係ないことだから。

答えない俺に五木さんは「だろうな」と続けた。

「ひどい暴力から逃げてきたんだよ。それこそ逃げ帰ったその場で入院するくらいのな。元夫は逮捕されたらしい」

引き継ぐように麻未が口を開く。

「おばさん、それからもずっと怯《おび》えててね。いつか元のご主人が村にやって来るんじゃないかって。だから近所の人も、細木さんも心配していたんだって」

「なんでそれにあいつが……細木が関係してるんだよ」

弱みにつけこんで不倫していたに決まっている。五木さんが俺の顔をのぞきこんだ。

「兄弟だからだよ」

「……兄弟？」

「細木さんはお前の父親の兄にあたる人。弟の事件を悔いて、心配して見に来てくれているんだよ」

「そんなの嘘だ！」

「だったらラクだよな。お前は都合のいいように解釈して、事情を説明しようとするふたりを避けていた。ずっと逃げてたんだよ」

さみしそうな言いかたに「でも」と俺は言い訳のように答えを探す。

「あいつ、最近は日曜日以外にも家に来てた。おかしいだろ、そんなの」

「お前のお袋、元夫から電話を受けたんだよ。なんて言われたか知ってるか？『許さない』って言われたそうだ」

ショックを受けたように頭がしびれた。なにがなんだかわからない。

「なんで、許さないんだよ。自分が暴力をふるったくせに……」

「そういうもんなんだよ。ナツキのこと聞いたろ？　あいつの父親もどうしようもない人なんだ。でも、この間お前に話をして目が覚めたって言ってたぜ」

「ああ……」

ナツキさんの涙を思い出す。暴力で人を支配するなんて最低だとあのとき俺は思ったはず。偉そうにに言っておいて俺は……。

「ナツキの父親は施設で看てもらうことになった。浩史に感謝してたよ」

肩の力が急に抜けた気がした。

「俺は別に……。だったら話してくれてもよかったのに」

さみしい。悲しい。悔しい。けれど、怒りの感情はもう消えていた。

「お前が聞きたくないなら、言わないようにしようってみんなで決めたんや。いつかお前が自分から聞いてくるまで黙ってようって。でも、そんなことも言ってられない状況なんだよ」

「なんか俺……情けないっすね」

「そういうものだ、若者よ」

五木さんの冗談っぽい口調に慰められる。

「しかし浩史も大胆だな。まさか細木さんを殺そうとするなんて思わなかったよ」

「それは……」

言いかけて止まる。まるで催眠術が解けたように視界がクリアになっていく。

「あの、ちょっと待ってください」

ふたりにそう言って俺は、昨夜のユージさんの言葉を思い出す。


『殺すんだよ』

ユージさんは俺の肩を抱いて耳元でささやいた。

『お前をめちゃくちゃにしたのは細木だろ？　あいつがいなくなればお前は自由になれる。そうしたら俺と一緒に旅をしよう』

首を振る俺の肩に力が入った。

『できるよ。お前はできる子だ。なに、簡単なことだよ。包丁でもナイフでも胸のところを一回刺せばすべて終わる。苦しみから解放されるんだぜ』

解放……？　薄暗い部屋のなか、ユージさんはニヤリと不敵な笑みを浮かべている。

俺たちは共犯者だ。ここから逃げ出すためなら俺は——。

『浩史の苦しみをずっと見てきた。なんでお前があの番組の主役になったか、今ならわかるやろ？　それはお前を自由にするためや』

ぼうっとする頭。タバコの煙で視界もぼやけていく。

『生きている価値のある人間、それがお前や。じゃあ、価値のない人間は？』

『細木……』

『そうや。人生なんてちょろいもんや。お前ができなきゃ俺がやったるわ』

そうユージさんは言っていた。


「ああ……」

喉から振り絞る声に、両隣のふたりが顔を見合わせる。全身の毛が逆立つような感覚。

俺の本当の父親の名前はなんだっけ……。思い出せない。

「あの、あの……。俺の父親の名前は——」

「雄二《ゆうじ》って言ってたかな」

雷が鳴ったのかと思った。体を貫く衝撃に割れそうなほどの頭痛が襲った。

「雄二……。五木建設で働いているユージさんて……」

「そんなやついないぞ」

「います！」

首をかしげる五木さんに、俺はもう半ば摑みかかっていた。

「昨日で辞めた人です。ほら、二階に住んでいる――」

「ああ。流れ者のおっさんか。あいつホームレスなんだって。しょうがねーから雇ったけど、確か名前は『木曾路』って苗字。下の名前はなんだっけ？」

前の席に置かれたセカンドバッグから手帳を取り出す五木さんを、焦る思いで見つめる。一枚の用紙を取り出すと、五木さんは「ああ」と記されている名前を指さした。

『木曾路　遊歩《ゆうほ》』

「偽名だろうな。酒ばっか飲んでちっとも出勤せーへんからクビにしたところや」

俺の席まで顔を伸ばして文字を見ていた麻未が「あっ！」と、急に鋭い声を出した。

「きそじゆうほ、って組み替えると『細木雄二』にならない？」

しんとした時間が三秒流れた。

「やばい！」

運転席に戻ると五木さんは車を急発進させた。タイヤが悲鳴をあげる。

五木さんが麻未に通報の指示を出す。

こめかみに汗がつーと流れる。

俺は、俺は……。とんでもない間違いをしたのでは？


自宅へつく直前、駐車場に細木の車が停まっているのが見えた。

ダッシュで玄関へ行くとドアが半分開いている。

そっと開けてなかを窺《うかが》う。五木さんは麻未を車内に残し「なかからロックしろ」と厳しい口調で言っている。

廊下の奥になにか見える。あれは……細木だ。こっちに足を向けて倒れている。

心臓が喉のすぐ近くで騒いでいて、同じ速さで頭痛も俺を攻撃している。

玄関に身体《からだ》を滑りこませた俺に細木が気づく。目が合うと同時に首を何度も横に振っている。体の下から赤いものが流れ床に広がっている。

刺されたのか……？

「逃げ、ろ」

細木がそう言った。逃げる……？　いや、ダメだ。

恐ろしいことが起きているなら、それは俺のせい。俺のせいで細木は刺されたんだ。

「俺が運ぶから」

いつの間にかそばにいた五木さんが小声で言った。うなずいて奥へ進む。

不思議と心がしんと落ち着いている。

リビングの向こうで、ユージさんがこちらに背を向けて立っていた。足もとには母親が倒れている。

……大丈夫、息をしている。でも殴られたのだろう、ひどい顔色をしている。

「ユージさん」

俺の声にゆっくりと振り向いた彼は、うれしそうに顔をほころばせた。

近寄ると全身汗まみれなのがわかった。

「やあ、やっと来たんか。遅いから細木は殺しちゃったよ」

「ああ……」

「これも殺す？　ナイフは買ったんやろ？　じゃあ早くやれよ。見といてやるからさ」

なんてうれしそうなんだろう。ワクワクを抑えられない夏休み前の子供みたいだ。

これが俺の父親なのか……。こんなに近くにいたのに気づかなかったなんて。

「ふ」と笑う俺に、ユージさんは不思議そうな顔をした。

「どうかしたのか？」

そんなことを言うからもっとおかしくなる。

「おかしいよ。俺、本当にバカだったんだな」

情けなくて涙が出る。

笑いながら涙を流す俺に、

「なに笑ってるんや。さっさとやれよ。ほら、早く」

ユージさんはイラついたように体をゆらゆら動かし出す。

うめいた母親の頰が赤く腫れている。遠い昔にも俺はこんな光景を見たんだろうな。

「早く！　ほら、殺せ！」

俺の肩を揺さぶるユージさんを見た。

……こんな父親ならいないほうがいい。母親の選択は正しかったんだ。

右手の拳を握りしめ、目の前にある頰を思いっきりぶん殴った。

鈍い音を立てて、ユージさんはあっけなく吹っ飛んで倒れる。やっとの親子三人の再会がこんな形だなんてな……。

膝を折り母親の手を握った。

「悪かったよ……母さん」

「ああ。無事だったの？」

「もう大丈夫だよ。警察も来るから」

涙がこぼれ落ちた。なんて俺はバカだったんだろう。ちゃんと現実を見ないからこんなことになってしまった。

「細木さんも無事だよ。最初からちゃんと話を聞いていればよかった」

嗚咽《おえつ》する俺に、母親は首を横に振った。

「私も悪いの。何度でも話をすればよかったの……」

遠くからパトカーの音が聞こえる。もう安心だ……。

ふいに雨の音が遠ざかった気がした。

見あげた俺は、ユージさんがすぐ近くに立っていることに気づく。両腕を万歳するみたいに挙げている。

その手にナイフが握られていて……。

目がギラギラと太陽みたいに輝き、本気であることを俺に伝える。

「裏切りやがって。俺を裏切りやがって！」

絶叫が響き渡り、鋭い痛みが脳を灼《や》く。

そのあと、世界はまっくらに落ちた。

幕間　樋口壱羽

病院の駐車場に車を停めるころには、すっかり夜だった。

総合病院と呼ぶには心もとない建物に足を踏み入れると、消毒液のにおいが鼻につく。照明の落ちた受付で、事務局長と名乗る男性に名刺を渡した。

三階のボタンを押しながら事務局長は問うた。

「樋口さんは番組のディレクターさんだとか？」

「いえ、アシスタントディレクターです」

エレベーターの上昇するスピードがやけに遅い。

「先週、最終回予告があったじゃないですか。かぎつけた新聞社から何件か問い合わせがありました。もちろん知らぬ存ぜぬで対応しましたけどね」

神妙な顔をしているが、興奮を抑えきれない様子の事務局長にうなずく。

「渡辺くんの容態はどうですか？」

「傷はもう心配ないようです。最終回放送前に市内の病院へ転院する予定です」

「そうですか」

三階につき、事務局長がついて来ようとするので足を止めた。

「ここからはひとりで大丈夫です。ありがとうございます」

事務局長は少し残念そうな顔を浮かべた。頭を下げてから暗い廊下をひとり進む。

あの事件から一週間が過ぎた。すぐにでも駆けつけたかったけれど、事情聴取やら外部への対応でなかなか病院に来られなかった。

って言い訳だよな……。

ノックをしてなかに入ると、渡辺くんは上半身を起こしていた。

俺を見ると「ああ」と表情を和らげた。

「樋口さん、でしたっけ？」

「夜分にすみません。少しだけいいですか？」

了解したことを示すように、渡辺くんはベッド脇の丸椅子を勧めてくれた。

事件のことと放送について謝罪を口にすると、渡辺くんは黙って片手を振った。

「傷はどうですか？」

俺の質問に少し顔をしかめて掛布団をめくると、半パンから伸びる右の太ももに包帯が巻かれてあった。

「もみくちゃになったときにナイフで刺されたみたいで。って言っても無我夢中だったんでよく覚えてないんすよ。五木さんがユージさんを殴り倒したことすらあとで知ったくらいです」

自分を殺そうとした細木雄二のことをまだ「さん」づけて呼ぶ姿に気が重くなる。実の父親だと知らずに仲良くしていたなんて悲劇だ。

あれから彼のコンタクトカメラの映像を改めて確認した。細木雄二を信頼していることが伝わってくるようなものばかりだった。

心を許した相手から殺されかけたなんて、彼の受けたショックは相当なものだっただろう。

あの夜から朝にかけてふたりで仲良くしゃべっている映像を改めて確認したのに、俺はただの知り合いだとばかり思いこんでいた。そんな自分も嫌になる。

「お茶飲みますか？」

渡辺くんが楽しげにペットボトルのお茶を差し出してきた。

「絶賛ＣＭ中のお茶です。ケースでもらったんですよ」

習志野さんは事件前に一度、細木雄二に会いに行ったことがあるそうだ。細木雄二はコンタクトカメラを装着することを承諾し、お茶のＣＭへの協力まで申し出たらしい。ただし、割増の協力金を即金で支払うことを条件に。

そのことを、目の前の彼は知っているのだろうか……。

「もう痛みも少ないし平気ですから」

心の懺悔《ざんげ》をくみ取ったわけではないだろうが、彼は明るい口調でそう言った。

「転院されるんですよね？」

「堂々と学校をサボれるのでラッキーですよ」

渡辺くんの表情は明るい。だが、人はそんなに強くなれるものだろうか？　俺には大人たちに翻弄され傷つけられた被害者にしか思えない。

「お母様のご容態はいかがですか？」

「殴られた傷は痛々しいですけど大丈夫そうです」

以前とは別人のような屈託のない笑顔を浮かべている。

見た目は変わらないのに、憑《つ》き物が落ちたみたいにさっぱりしている。

足のあたりに目をやった渡辺くんは、「感謝しています」と小さく頭を下げた。

「番組がなかったら一生後悔していたと思う。親のことも細木さんのことも、知り合いのことも」

そこで言葉を区切ってから「父親のことも」、そう彼は言った。

俺はなにも言えず、バックパックに視線を落とす。なかには一通の封筒がある。

昨日書いた辞表は、渡辺くんが退院したら提出するつもりだ。

0278　名前なし　　2021/10/24
最終回すごかった　あれヤバくないか？　本当の事件だったってこと？

0299　名前なし　　2021/10/24
モザイクと編集だらけでよくわからんかったが警察来てたしな。H氏がいい人だったってオチは悪くない。印象操作かな。

0398　名前なし　　2021/10/24
ちょっと前の奈良新聞に載ってた。詳細いる？

0462　名前なし　　2021/10/24
》398
引っ張ってないではよ情報くれ

0485　名前なし　　2021/10/24
スキャンは違法だから文字だけ。「奈良県警は十一日午前十一時半、住所不定無職の細木雄二（56）を殺人未遂の容疑で逮捕した。細木容疑者は同日午前九時頃殺害目的で元妻宅へ押し入り知人男性をナイフで刺した後元妻の首を絞めて殺害しようとした疑いがもたれている。県警は詳しい犯行の動機を調べている」

0511　名前なし　2021/10/24
新聞には載ってないけど浩史もケガしてるという噂

0565　名前なし　2021/10/24
俺も見に行った。役場でリアスクグッズ売ってたの笑えたわ。

0625　名前なし　2021/10/24
☆☆☆注目！☆☆☆　みんなの応援で渡辺浩史くんの回復を祈りませんか？
ファンクラブ加入者募集中

0688　名前なし　2021/10/24
こんな事件起きたらリアスク終わるんじゃね？　すげー楽しみだったから迷惑なんだけど

0875　名前なし　2021/10/25
やらせにきまってんだろ。もともと犯罪者が身近にいるやつを選出しただけ。想定内のことだろうよ。

0968　名前なし　2021/10/25
倫理に触れるだろうし終わって結構

＊

下南山村の外れにあるレストランは『きなり屋』という店名だった。

習志野さんはさっきから猛然と食べ進めている。

今日は念願の習志野さんとの打ちあげ。なのに、テンションはまったくあがらずにくすぶっている俺。

『リアリティスクール』は、自粛するという決定が出され、来週の総集編を最後に十一月初旬は第一シーズンの再放送をするそうだ。

「自粛っていってもすぐに第三シーズンの撮影に入るんですよね」

食欲がわかずにさっきからお茶でごまかしている。

「うん」当然のように答えると習志野さんは箸を置いた。

「放送は十二月からみたい。噂ではもう第三シーズンの主人公は決まっていて、コンタクトカメラの撮影は開始されているんだって」

「ちょっと早すぎませんか？　あんな事件があったばかりなのに……」

あれからずっと会社への疑問ばかりが大きくなっている。

「局としては少しでもストックを増やしたいんだろうね。渡辺くんも退院したし」

習志野さんは周りに人がいないことを確認すると顔を近づけてきた。

「落ち着くまでＮＣ機器の転勤者用住宅に住むんだって。家バレして取材も多いから」

たしかに渡辺くんの家の周りには常に記者らしい人がうろついている。

「それでね」と習志野さんは続ける。

「昨日会いに行ったの。渡辺くん、髪の色が濃くなってたんだよ。学校もちゃんと行けているみたいだし、なによりお母さんと仲良さそうだった」

「……そうですか」

「で、いつ辞める予定なの？」

何気ない口調で首をかしげる習志野さんに、俺は固まってしまう。

「気づかないとでも思ったの？　もう半年以上も一緒にやってるんだからそれくらい

わかるよ。最近元気ないし」

「……会社のやりかたについていけないって思ったんです。ほんと、すみません」

テーブルにつくくらい頭を下げる。

「壱羽くんの人生だもん。あたしに止める権利はないよ。だけどさ、渡辺くんのことは、番組があったからこそあの結果で済んだと思うんだよね」

「彼も同じことを言っていましたし、きっとそうなんだと思います。でも……」

「でも？　ちゃんと言うまで今日は帰さないよ」

冗談っぽい言いかただけどきっと本気だ。

「やっぱり番組のやりかたには賛成できません。大人のエゴで私生活を暴かれて、それってひどいと思うんです」

学費や寮費が無料となれば親は喜ぶだろう。けれど言いかたを変えれば先払いの報酬が支払われている。人質となった生徒は言うことを聞くしかないんだ。

「これからは改めてきちんと許可を取るって。放送倫理委員会の決定。今後は堂々と撮影していいみたい」

「納得できないことはほかにもあります」

言っていいものだろうか？　迷いながら俺は続ける。

「工藤さんのことです。いきなり会社を辞めるなんておかしいですよ」

子供が生まれたばかりだと言った彼は、夜の池神社で励ましてくれた。退職を決めた人がする行動だとはどうしても思えなかった。

習志野さんに伝えていないこともある。それは、工藤さんが会社を怪しんでいたことだ。多額の給料や制作費について疑っていた。

今も覚えている、最後に工藤さんは俺に忠告した。

『誰も信用するな』

大げさかもしれないけれど、念には念を入れたほうがいいだろう。

習志野さんが「んー」と人差し指をあごに当てた。

「なにかご家庭で問題があったんじゃないかな」

「俺もそう思ってました。内緒の話ですけど『行方不明だ』って、山本さんが」

「行方不明⁉」

大きな声をあげた習志野さんに店の人がギョッとした顔をした。

「ちょ、それは大問題じゃない。行方不明なのに山本さんは放っておいたわけ？」

「前から思っていましたが、山本さん、怪しくないですか？」

「それはあたしも同意。あの人、出世のためならなんでもしそうだもんね」

声を潜めた習志野さんの顔が近い。火照る顔をごまかしお茶を飲む。

「第一シーズンは山本さんの姪《めい》っ子さんが出演してたでしょ？」

「吉野さん、ですよね」

「彼女は山本さんからの指令で嫌な役を演じてたわけでしょう？　で、第二シーズンの間宮麻未さんは、アナウンサーの間宮さんの妹」

言われてみればそうだ。放送された二作に、それぞれの親族が登場するなんて偶然はありえるのだろうか……。

習志野さんがスマホを取り出し、スケジュールアプリを開く。

「明日からしばらく休みなんだよね？」

「久しぶりに実家に戻る予定です」

番組の自粛が決定したことで急に連休をもらえることになったのだ。

じっとカレンダーを見つめていた習志野さんが「決めた」と言った。

「決めた、ってなにをですか？」

「工藤さんのこと。壱羽くんの言うように、たしかに事件のにおいがしますな」

名探偵みたいな口調で習志野さんはアゴに手を当てた。かわいい。

退職を躊躇させているのは、習志野さんへ抱く気持ち。恋は罪悪感に少し似ている。

二葉のこともある。俺が会社にいないと、高校への進学は難しいだろう。

「ねぇ、樋口くん」

艶やかなリップを塗った唇で彼女は言った。

「この事件、あたしたちで捜査をしましょう」

大和西大寺《さいだいじ》駅で乗り換え、学園前という駅で降りると別世界が広がっていた。駅前には大きなショッピングセンターがあり、たくさんの人やバス、車が流れている。同じ県内なのに下南山村の景色とは大違いだ。

「すごい人だねぇ」

チェック柄のキャスケットを頭に被《かぶ》り、茶色のブレザーにチェックのスカート姿の習志野さん。先日の宣言どおり探偵を意識したコーディネートだ。

一方俺は、人に会うということで久しぶりのスーツを選んだ。入社した頃と比べ、いくぶん様になっていると思うのは気のせいだろうか。

十月最後の日曜日。今夜、番組は総集編を放送する予定だ。

待ち合わせの喫茶店は駅からずいぶんと離れた場所にあった。相手はまだ来ておらず、俺たちはいちばん奥のテーブルに横並びに座った。

「それにしても、よく工藤さんの連絡先がわかりましたね」

「人事のデータにアクセスしたんだよ、ワトソン君」

なんでもないように習志野さんは言うけれど、俺だってそのくらいはした。しかし、退職者となった工藤さんの個人情報はすべて消去されていたのだ。

きっとなんらかの裏技を使って調べたに違いない。全社員から気に入られている習志野さんだからできることなのだろうな。

勝手に納得していると、

「実家に戻らなくてよかったの？」

習志野さんが聞いてきたのでうなずく。

「少し遅らせただけです。まだ休みは数日ありますから」

アイスコーヒーをオーダーした習志野さんが俺を見た。

「あれからじっくり考えてみたんだよね。二年以上もいるとどこか感覚がおかしくなっていたのかな。普通に思えたことが普通じゃないってわかってきた」

会社はまるで宗教のようだ。同じ目的で同じ気持ちになればなるほど、オリジナルの常識が作られていく。それがうまく機能していれば問題はないけれど、今の奈良ケーブルテレビは危険だ。世間での注目が集まっていることをプラスに捉えて、暴走傾向も強い。

休み明けからは次のシーズンの撮影がはじまる。その前に退職届を出さなくては。

チクリと胸を刺すのは二葉のこと。高校進学については、帰省の際にきちんと話をするつもり。

「来たよ」

　小声で告げられ顔をあげると、若い女性が気弱そうに店内を見渡していた。立ちあがる習志野さんに遅れて倣うと、彼女はおずおずと近づいてくる。

「奈良ケーブルテレビのかたですか？」

「電話でお話をしました奈良ケーブルテレビアシスタントディレクターの習志野綾です。こちらは樋口壱羽です」

　アイスコーヒーが三つ運ばれてきた。カラカラと氷がぶつかる音がしている。

　椅子に腰をおろした女性はキュッと唇をかんでいる。

　疲れた顔だ。肩までの黒髪に薄いメイクの女性は、工藤さんの奥さんの果歩《かほ》さん。

「お忙しいところわざわざ申し訳ありません」

　習志野さんがお辞儀をすると、ICレコーダーをテーブルの上に置いた。

「お電話でもお伝えしましたが録音をさせていただきます。もちろんこれは記事にしたり放送したりすることはしません」

「大丈夫です」

　果歩さんは落ち着いた様子で背筋を伸ばした。ICレコーダーの録音ボタンが押され、赤いライトが光る。

「私たちは奈良ケーブルテレビのアシスタントディレクターの習志野です」

ちょいと肘で押された。

「あ……樋口です」

録音に自己紹介を入れるってことかと慌てて名前を言う。

「奈良ケーブルテレビの元社員だった工藤さんの奥様である、工藤果歩さんにお話をうかがいます。よろしくお願いいたします」

果歩さんは「……します」消え入りそうな声で答えた。

「果歩さん。私たちは工藤さんにとてもお世話になっていました」

「はい、そう伺っています」

緊張が少し解けたのか、果歩さんはほほ笑みを浮かべた。

「でも、ある日工藤さんは退社されました。予告もなく突然のことでした」

そう言うと、習志野さんは俺を見た。なにかしゃべれってことなのだろう。

「最後にお会いしたときも、そんな話はしていませんでした」

池神社でのことを思い出しながら俺は言う。

「お聞きしたいのは退職の理由です。社内では、行方不明の噂もあるんです」

俺はテーブルに両手を乗せた。

「俺、最後に会ったとき、コンタクトカメラを装着していたんです。俺と工藤さんは、会社について疑問を覚えていました。その会話を聞いた会社がなにかしたんじゃないかと疑っているんです」

直球を投げる俺に、習志野さんが「えっ」と目を丸くした。

「工藤さんは会社を辞めさせられたんじゃないですか？」

質問を重ねる俺に、習志野さんはなにか言いたげな顔をしていたが、やがて果歩さんに視線を戻す。先に果歩さんの意見を聞こうと判断したのだろう。

果歩さんはアイスコーヒーをじっと見つめながら静かに首を振った。

「そんなことはありません」

そんなこともあるだろう。

「でも、工藤さんは俺と……いえ、私と会ったあとから会社に来なくなったんです。気づいたら退職していた。それっておかしいじゃないですか」

しばらく沈黙が続いたあと、俺を見た果歩さんはほほ笑んでいた。やさしさとは違う種類の笑みを俺は知っている。

それは、あきらめの笑みだ。

「工藤は……彼は、いつからか変わってしまったんです」

アイスコーヒーで喉を湿らせ果歩さんは静かに息を吐いた。

「まるで人が変わったように疑い深くなったんです。対象は私です。まるで私が浮気をしているような妄想に取りつかれてしまったんです」

思ってもみない話に習志野さんと目を合わせた。

「毎日何度も電話をかけてきました。『今どこにいる?』『なんで電話に出られないいんだ』と。それまでもあったことですが、子供が生まれてからは電話に出られないこともありました。そうすると、執拗に私を責めるようになったんです。いつか殺されるんじゃないか、とさえ思ったほどです」

あの工藤さんがそんなことを……?

「メールでの確認は一時間に五回も六回も。電話で怒鳴ることも増えました。正直、病気を疑っていました」

言われて思い出した。工藤さんは絶えずスマホを手にしていたっけ……。

首をゆるゆると横に振った果歩さんはもう笑っていなかった。

「ある日、彼は言いました。『この子は本当に俺の子なのか』と。もう、限界だと思いました。子供を連れて実家に戻ったのは翌日のことです」

そう言った果歩さんはバッグから一枚の封筒を取り出した。

「彼が私の実家に送って来た手紙です」

習志野さんが封を開けると、罫線《けいせん》のないコピー用紙に文字が並んでいた。

果歩、元気にしていますか？

陽菜《はるな》はどうですか？

あれから二週間が過ぎ、ようやく目が覚めたような気持ちです。

最近の僕はずっとおかしかったね。

いろんな妄想がヘドロみたいに頭にしがみついて離れなかった。

そのせいで果歩にはずいぶん迷惑をかけたと思う。

何度も病院に行くことを勧めてくれたのに、僕はずっと拒否をしていたね。

本気で自分はおかしくないと信じていたんだ。周りが僕をだましているような気になり、みんなにずいぶん迷惑をかけたと思う。

特に果歩、君にはすまない気持ちでいっぱいだ。

主治医は僕の話を長い時間聞いてくれた。

そして何回目かの受診のあと、妄想性人格障害という病名を告げた。

極度に疑い深くなる病気なんだと説明を受けた。

いちばん近い人に対して症状は強く出るらしい。

それを言われたときに目の前を覆っていた闇が薄まったような気がしたんだ。

そして、自分が果歩にしてきたことを改めて知った。


本当ならこの手紙で君に許しを請うつもりだった。

けれど、そのことを相談した僕に主治医は反対した。この病気は進行すると、家族や知人に激しい怒りを覚えたり暴力を振るうこともあるんだと。

まずはしっかりと治すことを進言されたよ。


今から入院をすることになりました。期限はわかりません。

今朝、会社に退職届を郵送しました。

理由は書かなかったし、家には誰もいないから行方不明だと思われるかもしれない。

でも、これでいいとも思っている。


果歩。君を一生幸せにすると誓ったのに、僕は果たせなかった。

許してほしいと今は言えない。離婚届を同封します。

君が離婚しかないと思うなら、それでも仕方ないと思っている。

だけど、もう一度チャンスをもらえるなら、僕はきちんと自分の病気と向き合い克服してみせるつもりだ。

ようやく自分のなかにいる悪魔と向き合う覚悟ができたんだ。

それを伝えたくて手紙を書きました。

どうか陽菜のことを、よろしくお願いいたします。

工藤　誠也

＊

手紙を読み終えると、習志野さんは封筒のなかにある離婚届を取り出した。

工藤さんが書くべきところは彼の字で埋まっていた。

封筒に手紙をしまうと、習志野さんは顔をあげた。

「今、工藤さんは？」

果歩さんが静かに息を吐く。重さを感じる息がテーブルに広がりこぼれていく。

「まだ入院しています。最近は症状が改善され、今度一時帰宅もできるんです」

「離婚をされなかったのですね」

「迷いました。でも、今は家族で見守りたいと思えたんです」

果歩さんはそう言うとなぜか俺を見た。

「会社のことはわかりませんし、これは私の個人的な意見です。奈良ケーブルテレビに転職してからの工藤はどこか前と違っていました」

やっと目を逸らしてくれた果歩さんが、手紙をバッグに戻した。

「それでも、山本さんには感謝しているんです。退職届を保留にしてくれて、傷病休暇扱いにしてくれています。退院後に改めて退職届を受理してくださるそうです」

意外な話だった。あの山本さんが……？

会社を訴えたりしないように、寛大な処遇をしているのだろうか。

帰って行く果歩さんを見送って、習志野さんはＩＣレコーダーを切った。

そして俺を見て力なく笑った。

「なんかさ……自分が嫌になる。これで事件解決だね」

俺も同じ表情をしてみせた。本当の気持ちが表に出てしまいそうだったから。

疑問は前よりももっと大きくなった。

それぞれに起きた事件のあと、皆が会社に感謝の意を示している。

でも、人間はそんなに単純じゃないと俺は知っている。

心のなかでうごめいている感情に名前をつけるなら『怒り』だろう。

どんどん大きくなるそれを、俺は見ていることしかできない。

深夜の電話ボックスは、暗闇のなか浮かぶ宇宙船。

バイクで三重県の県境を越えて熊野市へ入ると七色ダムがある。前のシーズンで渡辺くんが来ていた場所だ。

県外までコンタクトカメラの映像が届くことに驚いた。とはいえ、ギリギリの範囲だったらしくボートに乗ってからの映像は記録されなかった。つまり、七色ダムあたりが電波を拾う限界ということだ。

山道を下る途中、忘れ去られたような電話ボックスがひとつ光っていた。ポケット一杯に用意した小銭を味方に二葉に電話をかける。

二葉はいつものように読んでいる漫画の話を教えてくれる。

俺はうなずきながら、きっかけを探す。退職のことを告げるきっかけだ。

結局、実家には戻らないまま、連休も今日で終わる。

明日の朝、山本さんに辞表を出す決意は固まっている。でも、果歩さんに会う前とは理由が変わっていることに気づいた。

会社の方針が嫌になっての退職のほうがマシだった。

今は、自分の怒りから逃げるための退職。

どう説明すれば、二葉はわかってくれるんだろうか……。

『ちょっと、お兄ちゃん聞いてるの？』

二葉の声にハッとした。

「もちろん聞いてるよ」

小銭を追加する音がむなしく響いている。

『いろいろ考えたんだけど、ここから高校に通うことにしたよ』

「……うん。え？」

『お兄ちゃんの会社の人がね、いくつかパンフレット送ってくれたの。お母さんと見たんだけど、提携している高校のなかでひとつ、よさそうなところがあったの。そこも推薦で行けるんだって』

「って、誰が送ってきたの？」

『えとね、間宮さんていう女性。お兄ちゃんの番組の司会をしている人だよね。これまでもたまに電話くれていたんだよ』

すっと心が冷えるような感覚があった。驚きよりも、恐れていたことが起きたような感覚に思わず受話器を握りしめていた。

『あの人、すごくやさしいの。でね、その高校には漫画部があってね――』

はしゃぐ二葉の声が遠くで聞こえている。

『とにかくお兄ちゃんの会社の人のおかげだよ。なんかすごくワクワクしてるの』

「……なあ、二葉」

『なになに？』

こんな明るい声を聞くのは久しぶりだ。

やっと高校に行く気になった二葉に俺はひどいことを言おうとしている。

退職することを言えば、また心を閉ざしてしまうかもしれない。

ギュッと目をつむる。同時に心にも蓋をした。

「行きたい高校が見つかってよかったな」

――これでいいんだ。

『いつ帰ってこられそうなの？　みんなで高校の見学に行こうって話してるんだよ』

「年末には帰るよ。そのときに一緒に行こう」

『うん。あ、そういえば明日、健康診断なんだ』

「また？　ちょっと多くないか？」

『貴重な外出だからいいんだけど、前日は夜から水しか飲めないのがつらいの』

おやすみを言い合って受話器を戻すと、小銭が戻る音のあと静寂が訪れた。

しばらく壁にもたれてからじっと考えた。

十一月に入り、朝晩は冬の気配がしている。ボックスを出て、肩をすぼめて歩き出そうとしたとき、坂の上から車のエンジン音が聞こえた。ふたつのヘッドライトが近づいてくる。まるでUFOみたいだ。

バイクにまたがる俺の横で車が停まる。横を見ると助手席の窓が開いた。

「ちょっと乗ってくれる？　バイクはそこに置いていって」

運転席でそう言ったのは、間宮さんだった。そんな気がしていた。

俺は驚いた顔をしてみせる。心のなかの殺意は、かくれんぼしてくれている。


車はどんどん南下し、熊野市の中心部に入ったらしくファーストフード店やホームセンターの照明が見える。俺は黙って前だけを見ている。

俺だってバカじゃないからわかる。あの電話ボックスもコンタクトカメラの電波が入る場所だったんだ。

間宮さんはそれを知り俺に会いに来たってことだ。

車は駅前のファミレスに駐車した。

さっさと店内に入っていく間宮さんを追いかける。

「ドリンクバーふたつ」と店員に声をかけた間宮さんが、

「アイスコーヒー。急いで」

俺に指示を出してくる。

アイスコーヒーとコーラをグラスに入れて席につくと、間宮さんはいつも固く結んでいる髪を解いていた。

「ありがとう」

差し出すアイスコーヒーを受け取った間宮さんは笑顔まで浮かべている。壁際の花瓶に活《い》けられた赤い花にも負けない美しさだ。

「先にいただくね。もうドキドキしちゃって、喉が渇いて仕方なかったのよ」

さっきまでの固い空気はなく、まるで友達のような口調だ。半分近く飲んだ間宮さんが「大丈夫よ」と言った。

「熊野市でもこのへんになるとさすがに電波は届かないから」

「え……。わざと圏外に連れ出したんですか?」

「一応、私が仕事のことで注意をしたってことにするから、山本さんに聞かれたら口裏を合わせてね」

「それって――」

「奈良ケーブルテレビの追跡装置はすごいの。もし山本さんが今、テレビ局で私たちを見張っているとしたら、リアルタイムで動画を追いかけようとするわ。詳しくは言えないけれど、他社の基地局を借りれば全国どこでも追跡が可能なのよ」

まるでスパイ映画だ。

「だからさっさと話しちゃうからね」

俺の視線に気づいたのか、間宮さんは肩をすくめた。

「どうせ普段とは全然違うって言いたいんでしょう？　しょうがないじゃない。あれは仕事なんだもの」

「はあ……」

にしたってあまりにも違う。髪を解いた間宮さんは照明がなくても美しかった。

「工藤さんの奥さんに会ったでしょう？」

それを言われると思っていた。俺は驚いたふりをしてみせる。

「会社のこと、疑っているんでしょ？　習志野さんもだよね。……実は、実は私も同じこと考えている。うちの会社はなにかおかしいの」

俺は少し考えて、なにも返事をしない選択をした。

「私はあなたたちと組みたいわけじゃないの。どちらかと言えばその逆」

「逆？」

間宮さんは笑みを消した。

「私のツイッターのフォロワー数って見たことある？　番組開始前は二百人台だったのに、今は三万人を超えている。こんなこと一生に一度だと思うの」

「はあ……」

反応の鈍い俺に、間宮さんは「もう」と赤い唇を尖らせた。

「とにかくあの番組は私にとって大チャンスなの。だから、会社についておかしいと思うことがあっても、あなたたちに邪魔してほしくないの」

ようやく理解できた。間宮さんは、ことを荒立てたくないんだ。

「だから二葉に親切にしてくれているんですか？」

「そうよ」

秒で答える間宮さんは頭がいい。俺はあえて拍子抜けした顔を作る。

「子供じゃないんだからちゃんと考えなさい。会社のたくらみには目をつむる。その代わりに、私は名声を、あなたは二葉ちゃんを高校に行かせられるの」

素直にうなずいてもいいが、もう少しゴネたほうが自然だろう。

「それって交換条件みたいじゃないですか。若い生徒の運命を変えるような番組ですよ。工藤さんみたいな被害者もいるんです。それを黙認しろってことですか」

笑みまで浮かべて確認をすると、間宮さんは目を細めた。

「いい機会だから教えてあげる」

間宮さんは髪を片方の耳にかけた。

「樋口くんは正義感が強い。でも、物事をひとつの視点で考え過ぎだわ」

冷静な口調でそう言ったあと、間宮さんは続けた。

俺は、本当にわからないという顔で小首をかしげた。

「わかりやすく言うわね。樋口くん、ミツバチに刺されたらどうなると思う？」

間宮さんは人差し指を一本立てて、テーブルに置いた俺の腕に当てた。チクリとハチが刺すように。

「ミツバチはハチのなかではとても小さい部類よ。たとえばこれがスズメバチなら樋口くんは死んでしまうかもしれない。でも、ミツバチくらいじゃ大丈夫よ」

なにを言おうとしているのかわからない。間宮さんは「でもね」と俺を見た。

「ミツバチの立場になってみて。彼らは、人間を刺したら死んでしまうの。皮膚を刺した針が抜けなくなって、もがいているうちに体がちぎれて死ぬのよ」

「え、そうなんですか？」

前かがみになる俺の手の甲に、間宮さんはまた指先を当てた。

「ミツバチたちはそのことを知らないわ。身を守るために必死で抵抗し、最後に攻撃に転ずるのよ。すべてを終わらせるために人を刺し、逆に自分が息絶えるの」

間宮さんの人差し指がぱたんとテーブルに倒れる。

「人間も同じ。追いつめられると最後は大きな攻撃をする。本能がそう命じるの」

「そのことが、出演者たちとなんの関係があるんですか」

尋ねる俺に、間宮さんはバッグからA4サイズの用紙を取り出した。表には『担当者以外閲覧禁止』と朱色のインクで書かれている。

表題は『潜入！　リアリティスクール　名簿』と記載されている。めくるとたくさんの名前が縦に並び、右側にはAとかBの記号が並んでいた。

「生徒全員の精神鑑定が記されている。一ノ瀬美姫さん、渡辺浩史くんの精神鑑定は危険マークがついているの」

「こんなもの作るなんて、奈良ケーブルテレビはナニサマなんですか」

俺はコーラを飲みほした。もう帰りたい、という意思表示のつもり。たぶんこういう反応がリアルだと思った。

「追い詰められた人間が最後になにをやるかは誰にもわからないわ。実際彼らの精神状態は不安定だったでしょう？　私たちはそういう人を主役に選んでいるの」

「つまり、治療しているってことですか？」

なにを言っているんだか。気持ちとは裏腹にしょぼくれた顔と態度を表してみる。

伝わったのだろう、彼女は「偉いわ」と言った。

「考えかたを変えると違う景色が見えてくるの。私たちは彼らを助けているのよ」

「……はい」

「二葉ちゃんのこと、さっきはああ言ったけれど心配しているのよ。わたしにも妹がいるから。やっと最近、少し話ができるようになった程度の仲だけどね」

「……必ず二葉を高校へ行かせてもらえますか？」

すがるように見ると、「もちろんよ」と彼女は口元に笑みを浮かべる。

「その代わり、最後までがんばってくれる？」

「わかりました。なんだか目が覚めた気分です」

正義感の強い樋口壱羽を演じる俺に、間宮さんは満足そうにうなずいた。

間宮さんは伝票を手に立ちあがった。

その向こうに不自然に置かれた花瓶がある。燃えるような赤い花の間からカメラのレンズがこちらを捉えている。

気づかぬフリで俺も笑いながら立ちあがる。

ミツバチは人を刺すと自分が死んでしまう。

その羽音が聞こえている。

工藤さんはあの日、俺に言ってくれた。『誰も信用するな』と。

俺はその言葉に従おうと決めたんだ。

いずれ罠《わな》にかかるのなら、従順なピエロを演じ、最後に裏切ってみせる。

悪魔に心を売りはらうのは、こんなに簡単なことだったんだな。

第四章　私の選択――山田良子

教室の戸締りを確認するときが、一日のなかでいちばん好きな時間。季節や天気によって窓から見える景色が変わるし、なにより仕事の終わりを実感できる。特に今日は金曜日だから今週最後の勤務。

くたびれたスーツのしわを手で伸ばしながら廊下を歩いていると、

「山田先生」

誰かが私を呼んだ。ふり向くと、渡辺くんが立っていた。彼は番組の第二シーズンで主役になっていた男子生徒だ。

ニュースでも取りあげられるほどの事件に発展したことは記憶に新しい。

「どうかした？」

無意識にひとつに束ねた髪を触ってしまう。昔からの悪い癖だ。

なるべく普通に接しなくちゃ。渡辺くんはもう主役じゃないけれど、番組についての会話は教師であれど禁止されている。

渡辺くんはカバンから束になった用紙を取り出すと、

「たまっていた課題です」

と手渡してきた。国語の臨時教員の私。今は二年一組の担任も兼任している。

これは三年生に出した夏休みの課題だ。にしては、ずいぶん分厚い。ページをめくると春休みのぶんまである。

「え、どうしたの?」

「入院中ずっと暇だったんすよ。遅くなってすみません」

頭を下げる渡辺くんを見るのははじめてだった。いつも怒っているような顔しか見たことがないし、なるべく関わらないようにしてきたから。

そのときになり、彼の髪が黒いことに気づいた。トレードマークだった金髪をやめたんだ……。

もう一度長身の体を折る彼にうまく返事ができないまま、気づけば階段をのぼっていた。あの変わりようはなんだろう。

彼はすっかりマスコミにおいて、悲劇のヒーロー扱いになっている。

どん底を味わった人が気持ちを改めた、という美談はたまに聞く。素晴らしいことかもしれないし、実際に校内は歓迎ムード一色に染まっている。

だけど、心を改めたからと言って、これまでの授業中の態度や教師たちへの反抗的な口調などが帳消しにはならない。生徒にしたってそうだ。彼に傷つけられた人は心の底から許せているのかしら……。

二十六歳にもなって心が狭いとは思うけれど、どこか納得できない私がいる。

二年一組の教室は扉が開いていた。

なかから声がする。いつものふたりが話に花を咲かせているのだろう。

鍵の束を手に声をかけようとしたときだった。

「あさっては総集編を放送するんだってね」

よくとおる声が聞こえた。平野花音さんの声だとすぐにわかる。

「その次は第一シーズンをまた再放送するんだって」

もうひとりは一ノ瀬美姫さん。

すぐに割って入ればよかったのに、なぜか足を止めていた。

「またあたしたちが映るってことかー。何回再放送すれば気が済むんだろうね」

「でも、なんだかずいぶん昔のことに思える」

「たしかに。みんながコンタクトカメラをつけてることすら忘れちゃってる」

あはは、と笑うふたりの声をまるで盗み聞きしている気分。

「花音はあいかわらず番組見てないの？」

一ノ瀬さんがあどけない声で尋ねた。

「興味ないし。でも次のシーズンの撮影ははじまっているんだろうね。あたしの予想では次は一年生が主役だと思う」

「一年生には荷が重いよ。ただでさえ親元を離れてひとり暮らししてるんだから」

途切れることのない会話を咳払《せきばら》いで中断させた。

「その話はしない決まりでしょう」

教室に足を踏み入れた。十一月に入り、夕暮れの時刻はどんどん早まっている。薄暗い教室で平野さんが「だってー」と長い髪をかきあげた。

「あたしたちはもうコンタクトカメラつけなくてよくなったんだもん」

こういう仕草がいちいち似合っている。私が着ている安いスーツだって、彼女が着ればおしゃれに見えるんだろうな。

「それでも番組のことを話すのが禁止なのは変わりありません。残念ながら私はまだ装着しているんだからバレたら大変よ」

ムスッとして立ちあがる平野さん。遅れて一ノ瀬さんもカバンを手に立つ。

第一シーズンで主役に選ばれた一ノ瀬さん。あれ以降、彼女も変わったと思う。髪の毛を伸ばし、ダイエットもがんばったのか前より細い体になった。

「先生もこれでお仕事終わりですか？」

にっこり笑う一ノ瀬さんに、私は「ええ」とうなずく。最初に会ったときとはまるで別人だ。

ファンクラブまでできたと聞く。変わったのは見た目だけじゃなく、自信という見えないオーラに包まれ輝いているせいだ。

その光を浴びて苦しむ私は、吸血鬼みたい。

……また、だ。

この頃の私は少しおかしい。卑屈になる自分を戒めて笑みを作る。

「いいから帰りなさい」

じゃらんと鍵を見せるとふたりは「さようなら」と駆けていく。それはまるで、明日に向かって走る子供のように。

「廊下は走らない！」

「はーい」

自分から追い出しておいて、取り残された気分になった。

鍵をかける音がやけに大きく聞こえた。

職員室に戻ると、半分以上の教師は帰っていた。

スマホが緑の点滅をしている。画面を開くと、駿《しゅん》からのメッセージが届いている。

『土日は仕事になった』

文字だけのメッセージ。三秒眺めてから、やっぱりな、と思う。

ここのところ駿に会っていない。この週末もそうなるだろうという予感はあった。

『そっか、仕方ないよね。お仕事がんばって。来週は会えそうかな？』

――会いたい
願いをこめ、送信ボタンを押す。続いてネコのスタンプ。ハチマキを頭に巻いた三毛猫のイラストが「がんばって」と言っている。

がんばって。がんばって。

既読マークがついても駿からの返事はなかった。

掛け合う言葉の温度差に目をつむり、バッグにスマホをしまう。

「お先に失礼いたします」

声をかけ廊下に出ると、誰か歩いて来るのが見えた。ああ、彼は樋口さんだ。

奈良ケーブルテレビのスタッフである彼を校内で見かけることは多い。コンタクトカメラでは補えない動画を撮るのが仕事で、授業中にもたまに姿を見せている。けれど、彼は透明人間。挨拶をすることも会釈をすることも禁止されている。

今日もいつものようにすれ違おうとしたときだった。

「山田先生、これを」

一枚の白い紙を手渡された。立ち止まる私を振り返ることなく、

「自然にしてください。他のかたに気づかれます」

歩いて行ってしまう。樋口さんに話しかけられたのははじめてだった。六月の全校集会で声を聞いて以来だと思う。

なに、今の……。

渡された白い紙はよく見ると封筒だった。

ラブレター？　まさかね、とバッグに手紙をしまい歩き出す。なにかの伝令だろうか。彼は奈良ケーブルテレビの撮影部隊。撮影……。

五歩進んだところで足を止める。

「まさか……」

嫌な予感がぶわっと胸に広がった。それはすごい勢いで体中の血を引かせるほどの勢い。気づくと、目の前にある女子トイレに駆けこんでいた。

トイレのなかはカメラがオフになると説明を受けた記憶がある。

白い紙を開けると、パソコンで打たれた文字が並んでいる。

何度読み返しても同じだった。

次のシーズンの主役は……私なの？

第三シーズンの主役ですが、
連日の話し合いの結果、山田良子《よしこ》先生に決まりました。
もうすでにご承知のとおり、第二シーズンでは多大なるご迷惑をおかけしました。
信　用を取り戻すためにも失敗はできないという判断です。
よろしくお願いいたします。
内々の話ですので規定通り他言無用となります。
数週間前から山田先生のコンタクトカメラの映像を集めています。
累々たる撮影でご迷惑をおかけすることをお詫《わ》びします。
奈良ケーブルテレビ　アシスタントディレクター　樋口壱羽

【今後の予定】
十一月七日　第一シーズン総集編
十一月十四日　第三シーズンスタート
編集が終わり次第、ポストにＤＶＤを入れておきますのでご確認ください。
今後、手紙はパーソナルスペースにてお読みいただき、読後は破棄を願います。

＊

下南山村は三重県との県境にある。

国道一六九号を走ればすぐに三重県に入り、四十分ほどで熊野市駅に到着する。

車を停めて徒歩三分。『居酒屋くろべえ』に着いたときには八時を過ぎていた。

木でできた引き戸を開けて入るとすぐに、奥の席で梨央《りお》が手を挙げた。

狭い店内をすり抜け、空いている椅子に荷物を置く。

「ごめん、遅くなっちゃった」

「いいよん。どっちみち割り勘だから先にはじめてたほうが得だし」

鼻歌交じりでビールを飲んでいる。大垣《おおがき》梨央は私と同じ岐阜県にある大学の教育学部を卒業した。卒業後はそのまま岐阜に残り私立高校の教師をしていたが、今年の春、地元である熊野市に戻ってきた。今は公立高校で英語を教えている。

顔なじみになりつつある店長におしぼりをもらい、ウーロン茶を頼んだ。

「残業なんて珍しいね」

赤ら顔の梨央は女子である私から見てもかわいい。まつ毛の長い大きな瞳にウェーブがかった髪が似合っている。

「ちょっとね……」

あいまいに答えてメニューを見る。金曜日は梨央との女子会だ。

とはいえ、毎週会うようになったのは夏過ぎあたりから。それまでは梨央には年上の彼氏がいて週末は空いていないことが多かった。

スルメにマヨネーズをつけた梨央が「あっ」と思い出したように言った。

「『潜入！ リアリティスクール』って総集編を一挙放送するんだってね。また良子がテレビに映るんだ？」

「その話はやめてよね」

渡された黒ウーロン茶を受け取り、今日のおすすめであるイカリングフライを頼んだ。

「大丈夫、こっちまでカメラの電波届いてないんでしょ」

私の目に人差し指を向けてくる。

「そういうことじゃなくて、あの番組の話はしたくないの」

「もー、かわいく映ってたって言ったじゃん」

ケラケラ笑う梨央に、ムッとした表情を隠すようにウーロン茶を飲んだ。

最悪だ。一ノ瀬さんと話したあの第一シーズン。画面のなかの私はオドオドしていて頼りなげで、自己満足丸出しのおせっかいまでしてしまっている。

そんな私が次の主役になる？

この店に来るまでの間、何度も手紙の内容について考えた。途中で停車し手紙を読み直したりもした。

梨央が知ったらどう思うのだろう？　言わなくても放送されればバレてしまうけれど、番組と交わした守秘義務は絶対だ。

それは駿に対しても同じ。でも……。

もし駿に会ったならすぐに相談してしまっていただろう。明日の約束がキャンセルになってよかったのかもしれない。

「そういえば駿に会ったよ」

梨央が急にそんなことを言うので箸を落としそうになった。

「え？　いつ、なんで、どこで？」

「そんないっぺんに質問しないでくれるー？」

赤ら顔の梨央がイカリングフライを受け取り「またイカ？」と首をかしげるけれど、こっちはそれどころじゃない。

じらすだけじらしてから梨央は「ふふ」と口を結んだ。

「うちの高校がね、駿の勤めている会社と業務提携？　連携？　よくわかんないけどそーいうのするんだって。急に校内に現れたからビックリしたよ」

駿は、教材を扱う出版社の営業職に就いている。私たち三人は同じ大学だ。

「そうだったんだ……。ビックリした」

まだ心臓がドキドキしている私に、梨央はテーブルに片肘をつきアゴを乗せた。

「社会人らしくなってたよ。忙しいってやたら口にしてた」

「あー、うん」

「今度、友達紹介してくれるって言ってた。ってあたしが頼んだんだけどね」

梨央に友達を紹介する時間はあっても、私には会う時間はないんだ。

そういえば、最近は電話の回数も減ったな……。

マイナスな感情をウーロン茶と一緒に飲めば、やけに苦く感じた。

——『良い子ちゃん』
そう呼ばれるようになったのはいつからか。
山田良子という名前の私。最初は親戚のおじさんが面白がって言い出し、皆が真似《まね》をした。
ある年の正月、たまたま遊びに来た友達により、そのあだ名は瞬く間にクラスでも浸透した。その日から、ふざけるたびに『良い子ちゃんなのに』『良い子ちゃんのくせに』と言われた。

はじめのうちは『良子だもん』と抗議していたけれど、いつからか否定しなくなった。

高校までついてきたあだ名を捨てるため、実家を離れ岐阜の大学へ進んだ。

もうあのあだ名で呼ぶ人はいないのに、長年の習慣は体に染みついているみたいで、すぐに良い子ぶってしまう。言いたいことを隠してニコニコ、ペコペコ、ヒヤヒヤ。

私は今も、『良い子ちゃん』のままで生きている。

□□　**潜入！　リアリティスクール**　□□

――タイトルロゴに続きＢＧＭ

「高校生のリアルを放送する『潜入！　リアリティスクール』。こんばんは、間宮涼花です。今回のシーズンより生放送ではなく、すべて収録したものを放送しております」

「プロデューサーの山本です。よろしくお願いします」

「前シーズンではたくさんの皆さまにご覧いただきましたが、大きな騒動も引き起こしてしまいました。改めて謝罪をいたします。奈良ケーブルテレビとしまして、今後は出演者の安全を第一に考えて番組を制作してまいります。多大なるご迷惑をおかけし、誠に申し訳ありませんでした」

「申し訳ありません」

「さて、山本さん！ 本日から第三シーズンということですが、今回の主役はこれまでとずいぶん違いますね。私、ビックリしてしまいました」

「『高校生のリアル』という設定から少し大枠にずれますが、前回の反省を踏まえた上で決定したことです」

「私としてはさらに共感できそうで期待しています。それでは早速ご覧いただきましょう」

――VTR
「たまっていた課題です」

画面に渡辺浩史が映る。テロップに『特別出演：渡辺浩史』の文字。

「え、どうしたの？」

主人公目線のままカメラは手に持つ課題を映す。細い指。

去っていく姿を見送ってから歩き出す。揺れる廊下、階段はすでに薄暗い。

教室の映像。一ノ瀬美姫と平野花音が映り、テロップに『特別出演』の文字。

「先生もこれでお仕事終わりですか？」

にっこり笑う一ノ瀬美姫。「ええ」とカメラが上下に揺れた。

駆けていくふたりに、

「廊下は走らない！」

そう言ったあと、カメラが切り替わる。

バッグを肩にかけ、廊下の向こうから歩いて来る主人公。

スローモーションになり、ナレーションの声が重なる。

『第三シーズンの主役は、二年一組担任教師、山田良子さん。あなたです！』

＊

翌週の木曜日にポストに入っていたＤＶＤ。最後のシーンに廊下を歩く私が映っていた。あれは樋口さんの目に入っているカメラが撮影した動画なのだろう。

間抜けな顔でとぼとぼ歩く姿。黒いスーツは型崩れしているのが一目でわかる。

次の日曜日には私が主役のシーズンが放送されるんだ……。

私に手紙を出して以降、樋口さんや習志野さんが教室に来ることが増えた。生徒たちは気づいている。このなかに、次のシーズンの主役がいることを。

まさか教師である私が主人公になるとは想像もしていない様子で、互いの目をチラチラ見て答えを探っている。

そんな一週間だった。

本当ならテレビ局に掛け合い、主役を替えてもらいたい。でも、できない。

それは私が、逆指名でこの高校に就職したから。

教員免許があっても、就職先を見つけるのは大変なこと。実際、駿は最後まで教員としての就職先が見つからなかった。

私もあちこちの採用試験を受けては落ちていた。しかしある日、池峰高校から案内書が届いたのだ。

そこには『逆指名採用のことは口外しない』と記載されており、面接のときも口を酸っぱくして釘《くぎ》を刺された。

今日まで親はおろか、親友の梨央にすら言っていないことだった。

それは、私が『良い子ちゃん』だから守れたことなのだろう。


土曜日の朝、寮の出口で習志野さんに会った。

「おはようございます」

にこやかに近づいて来る彼女を見て、とっさに自分の服装を再チェック。大丈夫、今日はヨレヨレじゃない。

習志野さんや樋口さんは、あの手紙のあと普通に話しかけてくるようになった。それはインタビューまがいのものだったり、これからの行動を聞かれたり。前シーズンの反省を踏まえ、番組制作のスタイルを変えたらしい。

「どこかへお出かけですか？」

「いえ、ちょっと……」

今日は久しぶりの駿とのデートの日。そこまで言う必要はないと思うが、罪悪感もある。熊野市に住んでいる駿に会うということは、コンタクトカメラの圏外へ行くことになるから。

車のキーを取り出してから、「あの」と習志野さんに声をかける。

「まだ放送されていないんですよね？」

「いよいよ明日の夜からですよ」

にこやかにほほ笑む習志野さんに、

「あの」

とまた同じ言葉を重ねる。

「だったら放送まではそっとしておいてもらえませんか？　まだ、周りには知られたくないんです」

一気に言って逃げるように車に乗りこむ。見ると習志野さんは頭を下げていた。

謝られたかったんじゃない。ただ、放っておいてほしかっただけ。

悪いことをした気がして、同じように頭を下げてからアクセルを踏んだ。

山道をおりていく頭が駿のことで徐々に満たされていく。

彼は下南山村まで来ると言ってくれたけれど、しばらくはまずいだろう。理由を言えないのはもどかしい。

……ちゃんと説明したほうがいいのかも。

ここに彼が来れば、その姿が撮影され放送される。たとえモザイクをかけられたとしても見る人が見ればわかることだ。

とにかく少しの間、我慢すればいいだけ。

早めに撮影をしているそうだし、私なんかを撮影してもおもしろいことは起きない。

平凡で退屈な女なんて、視聴者だって見ていて楽しくないだろう。

車道に出ると南へ進路を取る。今日はいい天気。薄い青空には雲が流れている。

そのとき、スマホからメッセージを知らせる音が鳴った。

これは、駿からのメッセージ音。脇道に車を停めて、メッセージを確認する。

『急用ができたから会えない』

その文字をぽかんと眺めた。

冗談だろうか。昨日のやり取りではそんなこと言ってなかったのに。

慌てて電話をかけると、すぐに駿が出た。

「あの、私だけど」

『あーうん』

外にいるのだろう、風の音がしている。

「会えないの？」

『そう書いて送ったつもりだけど？』

質問に質問で返すのは、駿が困ったときにする手だ。

「あの、もうそっちに向かってるんだけど……。会えるの楽しみにしていたのに」

『ごめん、って言わせたいわけ？』

冷たい言葉のあと、駿は『いや』と続けた。

『俺が悪いのにごめん。ちょっと仕事でヘマやっちゃってさ……』

「あ、ううん。そうだったんだね。大丈夫なの？」

傷を隠して心配する私は良い子ちゃん。

『来週は会えるから。また電話する』

「うん。あ、あのね駿、今日はどうしても伝えたいことが――」

番組のことを口にする前に、電話はもう切られていた。

日曜日の夜、番組が放送開始になる時間。私は部屋に閉じこもっている。学生寮の生徒たちは食堂に集まり、大騒ぎをしているのだろうな。

七時十五分ごろから、スマホがにぎやかになってきた。親や学生時代の友達からの着信やメッセージが続く。卒業して以来会っていない人の名前も表示されている。

私たち教師が住む寮では、各部屋で奈良テーブルテレビが視聴できることになっている。が、私は見る気にはなれず、アルバムの整理で気を紛らわしていた。

分厚いアルバム。昔から撮った写真を印刷するのが好きだった。

大学時代の写真は若さにあふれ、四年生からの写真は駿とのものばかり。はじめて行ったキャンプ。学園祭ではしゃぐ姿。卒業旅行で行ったバンコク。どの思い出にも駿が写っていて、生活の中心に彼がいたことを示している。

今も恋人同士のはずなのに、あのころの輝きはもうないように思えてしまう。

またスマホが震えた。画面には梨央の名前が表示されていた。

これはさすがに出ないとまずそうだ……。

「もしもし」

『ちょっと、見たよ！　ね、今のマジ？』

壁時計を見ると八時になっていた。初回の放送が終わったのだ。

「ごめん。この間言おうとしたんだけど、禁止されていて……」

『いいよ、全然いい！　でもほんとなんだね。良子が主役だなんてすごすぎる！』

「…うん」

目立つことはしたくない。なのに、ほんの少しだけお腹のなかに新しい感情が生まれていた。それが高揚感なのか罪悪感なのかはわからない。

『ああ、そっか。良子はそういうの苦手だもんね。……あっ、この会話も放送されるのかな？　良子の目はカメラになっているんでしょう？』

梨央の声にハッとした。そうだった、今も録画されているってことだ。

慌ててアルバムを閉じた。鼓動が急に速くなりオロオロしてしまう。

『テレビ局の人、聞いてるかな？　大垣梨央、二十五歳。良子の親友です～』

「ちょっとやめてよね」

柄にもなくイラっとしてしまう。

『はは、冗談だよ。でも、これから大変になるね』

「芸能人じゃないんだから。それに番組の話はしちゃいけないことになってるの」

『平気だよ。ダメなところはカットしてもらえばいいんだし』

なぜだろう。まるで他人事《ひとごと》な口調がざらりと耳に残る。

最後まで梨央ははしゃいでいて、そのたびに私は深い海に沈んでいく感覚だった。

その日はなかなか寝つけなかった。

電話を切るとき、梨央が言ったひと言が私の睡眠を邪魔していた。

彼女は言った。

『でも、まさか良子を主役にするなんてね』

それは彼女の本心だと思った。


翌日から世界は色を変えた。

同僚である教師たちはやたら私に愛想がよくなったし、生徒たちも意味のない質問を個別でしてくるようになった。誰もが私の瞳にあるカメラを意識している。

平凡な私に訪れた非日常の景色は濁り、気分を落ちこませた。

それなのに私はまだ良い子ちゃんを続けていて、愛想笑いを浮かべている。

水曜日の夕刻。私は奈良ケーブルテレビに呼ばれていた。

自動ドアを抜けると『潜入！　リアリティスクール』の大きなポスターが飾られていた。私の身長よりも大きく、壁の大半を占めている。

『第五十三回ニューギャラクシー賞受賞』『加入者数全国ナンバーワン』など様々な文字も貼られている。

受付におりてきた樋口さんに連れられ、同じフロアにある小部屋へ案内された。部屋に似合う小さなテーブルで向かい合わせで座る私たち。ドラマでよく見る取り調べ室みたい……。窓がないせいで空気が重く感じた。

「お仕事のあとなのにすみません。なるべく急ぎますので」

丁寧に頭を下げる樋口さん。番組のロゴの入った緑色のパーカーにジーンズ姿で、彼は習志野さんよりも若く思えた。

「今日はインタビューを撮影させていただきます」

「インタビュー……。ここで話したことが番組に？」

「第三シーズンより、主役のかたのインタビューも番組に取り入れたいと思っています。もちろん、まったく使わないこともありえます」

カメラは……と見回して気づく。そっか、彼の瞳がカメラなんだと。

本当は断って逃げ出してしまいたい。けれどやっと担任まで任されるようになった今の職場を辞めたくはない。逃げるための道なんて私にはない。

「大丈夫ですか？」

樋口さんの声にハッと顔をあげた。

「はい」

「じゃあ、なるべく僕を見たまま答えてください」

ふと、膝になにか当たっているのを感じた。テーブルを覗きこもうとする私に、樋口さんが小声で言う。

「そのままこちらを見て」

視線はそのままにテーブルの下に手を伸ばすと、紙のようなものが指先に触れた。

これは、この間もらった封筒？

自然なそぶりで床に置いたバッグに忍ばせた。

樋口さんが、それでいい、というようにうなずく。

そして、インタビューがはじまった。


——今回主役に選ばれての感想は？

「まだ実感がありません。私なんかでいいのか、と……」

——周りの反応はどうですか？

「よくわかりません。友達は喜んでいました」

——大垣梨央さんですね？ 出演承諾書にサインしてくださいましたよ。

「え……。そうなのですか？　でも、彼女は滅多にこの村には来ませんから」

——金曜日に居酒屋で会っていますよね？

「なんでそのことを……？　く、熊野市までカメラの電波が？」

——今回の主役は社会人で、行動範囲が広いのでエリアを広げました。

「……そうですか。梨央とは金曜日の夜に会うことが多いです。仕事の話などしています。…あ、あの、この撮影はいつまで続くのですか？」

——今年いっぱいの予定です。撮影期間はあと一ヵ月もないでしょうね。

「…………」

——少し質問を変えましょう。どうして教師になりたいと思われたのですか？

「それは……。あの、子供の頃から国語が苦手だったんです。でも、中学の時の先生が優しいかたで、たまに好きな小説の話をしてくれたんです。それで興味を持つようになり、気づけば国語が好きになっていました」

——大学では教育学部でしたね？　大垣梨央さんとはそこからの仲ですよね？

「え……。梨央に聞いたのですか？」

——今は私が質問をしています。

「…はい。梨央とは大学一年生からの仲です」

——親友ですか？

「はい、親友です」

――内藤《ないとう》駿さんとも大学で出会われたのですね？

「え!? あの……待ってください。どうして駿のことまで――」

――彼はあなたの恋人ですか？

「……答えたくありません」

――きちんと答えてください。彼は恋人なんですね？

「……はい、おつき合いしています。大学四年生の終わりからです」

――内藤駿さんが浮気をされているのはご存じですか？

「え！ ちょ、ちょっと待って。どういう……」

――内藤駿さんは先週の土曜日、大垣梨央さんとドライブに出かけたようです。

「……嘘、です。あの、もうやめてください。終わりにしてください」

――もう一度聞きます。彼女はあなたの親友ですか？

「……もうやめて。やめてください！」

「リアルを放送する『潜入！　リアリティスクール』。間宮涼花です」

「山本です。よろしくお願いします」

「山田良子先生が主役になったということで、たくさんの反響がありましたね」

「間宮さんはどういう感想を持った？」

「私は年齢が近いこともあって、すごく親近感を持っています。女性から支持されそうな雰囲気ですよね。控えめな感じなのが好感持てます。ところで、どうして今日は生放送なのですか？」

「撮り直しの時間がなく、生放送になってしまって本当に申し訳ない」

「先ほどまで編集室にこもっておられましたが、なにかあったのですか？」

「通常は何週間か前に撮影した映像を編集して放送しているんだけど、今回はあることが起きたため、どうしてもそれを皆さんにお届けしたく、ギリギリまで編集作業をしていたんだ。そのためやむなくの生放送」

「山田先生になにかが起きたのですね？」

「ちょっと予想外の展開がね。二回目の放送にしての大事件だよ」

「気になりますね。早速ご覧いただきましょう」

——ＶＴＲ
ナレーション。

『放送開始後の水曜日。奈良ケーブルテレビの会議室で、山田良子は取材を受けていた』

山田が不安げにカメラを見ている。

テロップに『大垣梨央さんとの関係は？』と表示。

「梨央とは大学一年生からの仲です」

壁に飾られた絵画につけられている別カメラに切り替え。山田の横顔。

「はい、親友です」

ナレーション。

『山田良子は大学時代に大垣梨央と出会った。それ以来ふたりは親友になったという。ここで新たな登場人物を紹介したい』

内藤駿の写真。山田の肩を抱きカメラ目線で笑っている。ふわりとした髪に細い眉、意志を感じる瞳。

『彼の名前は内藤駿。大学時代から山田とつき合っている。大垣梨央とはつい最近再会したばかりだと言う』

「おつき合いしています」

山田がうつむき加減に語る。続いてナレーション。

『ここで先週の土曜日の動画をご覧いただきたい。彼女は車に乗り、内藤に会いに行くところだった』

道端に停車する車。山田の視点で、スマホを取り出しメッセージを確認する。

『急用ができたから会えない』の文字。すぐに画面を操作しスマホを耳に当てる。

「あの、私だけど。会えないの？」

『ちょっと仕事でヘマやっちゃってさ……』

「そうだったんだね。大丈夫なの？」

『来週は会えるから。また電話する』

インタビューの風景に切り替わる。

「大学四年生の終わりからです」

山田が答えている。頬を赤らめて恥ずかしそうに。

インタビュアーの声。

「内藤駿さんは、先週の土曜日、大垣梨央さんとドライブに出かけたようです」

言われた意味が分からない様子の山田が、ゆっくり首を横に振った。

「……嘘、です。あの、もうやめてください。終わりにしてください」

逃げるように部屋を飛び出す山田。画面が暗くフェードアウトする。

ナレーション。

『本来であれば、二回目の放送は、このインタビューと学校での様子を放送する予定だった。しかし、水曜の夜、事態は一変する。その一部始終をご覧いただきたい』

部屋で膝を抱える山田を上から映している。続いて横顔、正面画像。いろんな場所にカメラが置かれている様子。

部屋のチャイムが鳴る。顔をあげた山田の表情は疲れている。ゆるゆるとまた膝を抱える。

もう一度チャイムが鳴り、インターホンの受信機から声がする。

「良子、いないの？」

立ちあがった山田がロックを解除する。たんたん、と廊下に響く足音がする。

「やほ。来ちゃった」

山田視点に替わると、きれいな女性がいる。テロップに『大垣梨央』の文字。

「え、どうしたの……？」

「ちょっと話があって来たの」

パーマをふわりと揺らす大垣が言う。赤い薄手のコートを着たままで、大垣がドアを閉める。ふたりを上から映すカメラ。

「ちょっと説明したいことがあったの。この間の土曜日の話なんだけど……」

「土曜日……」

「実は、駿とドライブに行ったんだよ」

いたずらっぽく笑う大垣が映る。

続いて大垣視点にカメラが切り替わると、不安げな表情の山田が映った。

「あ、うん……知ってる。たまたまだよね？　きっとなにかの事情が――」

「それでね、良子」

再び大垣の顔が映る。彼女はじっとカメラを見てから口を開く。

「今日は良子にお願いがあって来たの」

「……お願い？」

「うん」とうなずいた大垣がカメラをまっすぐに見つめる。

「駿と別れてくれる？　あたしたち、つき合うことになったの」

画面フェードアウト。

＊

中学二年生で国語を教えてくれた湯島《ゆしま》先生は、短めのボブカットにメガネをかけた初老の女性。クラスの子たちは〝こけし〟というあだ名をつけていた。そういえば、一ノ瀬さんも、以前は同じあだ名で呼ばれていたっけ。

湯島先生は、小説のおもしろさを教えてくれた恩人だ。

たまに授業の前に、お勧めの小説を教えてくれた。最初のうちは話半分に聞いていたけれど、あらすじを語る先生の姿があまりに楽しそうで、なんとなく図書室で借りてみたのがきっかけだった。

先生のお勧めはミステリーもあれば、恋愛もの、ＳＦまで多岐に亘《わた》っていた。いつしか授業が楽しみになり、少ないお小遣いは小説に消えた。大人になっても暇さえあれば小説を読んでいる。

部屋に並ぶ文庫本は、私の好みの系統ばかり。恋愛ものでハッピーエンド。そしてちょっとファンタジー。

でも、現実世界にそんなものはない。

あるのは、悲劇に満ちる日常だけ。

二回目の放送から一週間が過ぎた。

あれからの日々をどう過ごしたかあまり覚えていない。

普通に学校に行き授業をする私を、誰もが同じ目で見ていた。同情、哀れみ、悲しみ、そして隠しきれない興味。

一ノ瀬さんや渡辺くんの気持ちがやっとわかった気がする。

いつもたくさんの目で見られるのって、こんな苦しいんだ。

三回目の放送がさっき終わったらしい。

らしい、というのは見ていないから。どんな内容なのか考えたくもない。

情報をシャットダウンすることで、フリーズしていた頭が動き出した気がする。

梨央の言葉は衝撃だったけれど、ずっとそんな予感はあった。

駿に会いたがる梨央。梨央に興味のある駿。会わせないようにしていた私。

予感は不安に変わり、今、現実になった。

「最初からわかっていたこと、か」

梨央からの連絡は途絶え、駿からのメッセージもない。

ふたりはこの土日も一緒にいたのかな。もう、駿は私との関係が終わったと思っているのかな。

それでも駿を信じたい。きっとなにかの間違いだって……。

だけど、音信不通の日々が教えている。私、フラれちゃったんだね。

「よし」

と気合いを声にし、ベッドに腰かけた。この部屋はカメラだらけだ。

恋も友達も失った私には仕事しか残されていないのだから、がんばろう。きちんと主役をやり遂げないと。

明日の準備をしようとバッグを開けると、奥のほうにねじまがった紙が見えた。

白い封筒。インタビューのときに樋口さんから渡されたんだった。

駿と梨央がドライブしていたというショックですっかり忘れていた。

「あ……」

トイレに入り、封筒を開けるとパソコン打ちした文字が並んでいる。

＊

辛いインタビューをして申し訳ありません。
味方が誰もいないと思っているかもしれませんが、
それは最後まであなたの味方です。
おかしなことを書いているのはわかっています。
会社の方針に逆らえず、傷つけてしまいました。
すべて終わったら、きちんと説明します。
奈良ケーブルテレビを最後までよろしくお願いいたします。

＊

指で文章をなぞりながら意味を理解しようとするが、うまく頭が働いてくれない。

そして、ようやく気づく。

……どういうこと？

「なんで、ここ……」

手紙の三行目の出だしの『をれ』は『おれ』が正しいのではないだろうか？

そういえば、最初の手紙にも違和感があった。破棄するよう指示された手紙はそのせいもあり、まだとってある。

ダッシュボードに入れた手紙を取り、もう一度トイレへこもる。

＊

第三シーズンの主役ですが、
連日の話し合いの結果、山田良子先生に決まりました。
もうすでにご承知のとおり、第二シーズンでは多大なるご迷惑をおかけしました。

信　用を取り戻すためにも失敗はできないという判断です。

よろしくお願いいたします。

内々の話ですので規定通り他言無用となります。

数週間前から山田先生のコンタクトカメラの映像を集めています。

累々たる撮影でご迷惑をおかけすることをお詫びします。

奈良ケーブルテレビ　アシスタントディレクター　樋口壱羽

＊

どうして『信用』の単語だけ、妙なスペースがとられているのだろう？

「あ……」

ふいに視界が揺れた気がした。これって暗号なのでは？

指先で文字をひとつずつ追うと手紙に隠された文章が見え出す。

各行の最初の一文字だけ読めば、本当のメッセージが現れる。さらに、『信』の文字は、『しん』と読むこともわかった。

――だれもしんようするな
もう一枚の手紙も同じように読む。

――つみをおかすな

「なにこれ……」

悪い夢を見ているみたい。背筋がゾクゾクしながらも頭が警告音を出している。

この文章を信じてもいいの？

樋口さんはインタビューのとき、私にひどいことを言った。途中で逃げ帰るまで執拗に私を責めていた。

でも、あれが演技だとしたら？

本当に伝えたいことを手紙にしていたとしたら？

なにが真実なのかわからない……。どうしてこんなことになってしまったの？

鼻がツンと痛くなる。泣きそうになるのを必死でこらえ、手紙をポケットにしまった。

スマホが鳴っている。この着信音は――駿だ。

部屋に戻りスマホを見つめる。やがて簡易留守番電話に切り替わった。

耳を近づけると、彼の声が聞こえる。

『良子、これ聞いたら電話して』

ああ、駿の声だ。さっきまでこらえていた涙があっけなくこぼれ落ちた。

駿、駿。会いたいよ。やっぱり会いたいよ……。

『俺、番組のこと知らなくってさ、さっきたまたま見てびっくりしたんだ。頼むよ、良子、電話がほしい。ぜんぶ誤解なんだ』

切羽詰まった声に、私はもう通話ボタンを押していた。

「駿！」

『ああ、出てくれてよかった。良子、勘違いなんだよ。ぜんぶ、勘違いなんだ。直接説明したくて今、山の入り口まで来てる』

「え……」

『門が閉まってて入れないから、どっかまで出られる？　お願いだ、きちんと説明させてほしいんだ』

必死にそう言う駿に、私はうなずいていた。

手紙のことなんて頭から吹き飛んでしまっていた。

スポーツ公園の駐車場につくと、駿のワーゲンが奥に停まっているのが見えた。照明の下、彼がゆっくりと車からおりて軽く手を挙げた。

ああ、駿だ……。寒そうに肩をすぼめている駿の少し伸びた髪が、会えなかった日々を教えているよう。

「良子」

彼が私を呼ぶ声が好き。小走りに駆けてくる駿が映画のヒーローみたいに見える。

「ごめん、こんな遅くに」

白い息とともに駿の声が私を包む。

「ううん。駿こそこんな遠くまで……」

「大丈夫だよ。そんなことより、本当に悪かった」

次々に生まれる白い息が、照明に浮かびあがり溶けていく。

彼は梨央と……。また生まれる悲しみに視線をさげてしまう。

いつもの服装じゃなく、らくだ色のコートの下にはスーツを着ている。

「仕事帰りだったの？」

明るく尋ねた。今夜、私は正式にフラれるのかもしれない。「誤解だ」と言ってくれたことだけが、唯一残されたわずかな希望。

「最近『ナイマーニ』の服に凝っててさ。値段もそんなに高くないけど、高級感があるんだ」

「うん、似合っているよ」

ぽろりと涙がこぼれてしまった。駿が好き。好きでたまらない。

ふわっと暖かさを感じたと思ったら、私は抱きしめられていた。懐かしささえ感じるにおいに体の力が抜けていく。

「嫌な思いをさせてごめん」

低い声が、角砂糖に一滴の水を落とすようにすっと染みこんでくる。胸に、体に、心に。

「説明させてほしい」

体を離すと駿は私の目をまっすぐに見た。思わず目を閉じたのは、これが放送されることを思い出したから。

「梨央と久しぶりに会ってさ、無理やりドライブに誘われたんだ。彼女、悩みごとがあるみたいだったから……。って、言い訳だよな」

「そうなんだ……」

「梨央が『あたしとつき合っちゃう？』なんて言うから、ついうなずいたのは認める。でも冗談だよ。俺には良子しかいないんだよ」

「…………」

ゆっくり目を開けると、苦渋に満ちた表情の駿がいる。

……信じていいの？

「まさか梨央があんなこと言い出すなんて思ってなかった」

「梨央は、なんて？」

「なんかさ、梨央はテレビに出たかったんだって。だからあんな大げさに言ったって白状してくれたよ。マジ迷惑だよな」

困った顔の駿。失うことを覚悟したぶん、愛《いと》おしさがこみあがってくる。

どこにも行かないで。私だけの駿でいて。

親友を失うことになったとしても、私は駿のそばにいたい。

「これからは誤解させるようなことはしないと誓う。だから、信じてほしい」

駿の胸に飛びこんだとき、私はたしかに幸せだった。


『山田先生結婚おめでとう』

黒板に書かれた文字は、教室に入ってすぐに目に飛びこんできた。

数週間が過ぎ、昨日の番組でついに公園での和解のシーンが放送されたそうだ。

私は恥ずかしくて見られなかったけれど、結婚を匂わせる編集だったのだろう。

「まだプロポーズされたわけじゃありません」

教壇に立ちそう言うと、拍手が生まれた。たくさんの「おめでとう」に包まれる。

教室後方に立つ樋口さんがじっとこちらを見ている。いや、撮影している。

樋口さんの手紙も、深読みのしすぎだったと勝手に納得している。

もうカメラのことなんて気にならない。あれからの日々は幸せすぎたから。

梨央から連絡はないけれど、彼女もまずいと思っているのだろう。駿の話では、『謝りたい』と言っているそうだ。

きっと私は許すだろう。彼女もまた番組に踊らされたひとりだ。前シーズンと同様、視聴者を引きつけるためのシナリオだったんだと今はわかる。

前よりもやさしくなった駿は、毎日のように連絡をくれる。仕事が早く終わった日は、片道一時間をかけて会いにきてくれる。その様子は視聴者にもいずれ伝わるのだろう。

この番組に出てよかった。本当に大切な人を改めて知ることができたのだから。


その日の夜、ポストにDVDが入っていた。

樋口さんが来週分の放送データを用意してくれたみたい。

十二月に入り、もうすぐ第三シーズンも終わる。

きっと、幸せなエンディングだ。近いうちにプロポーズをされるかも……。

気分よく、DVDプレイヤーの再生ボタンを押す。

□□　潜入！　リアリティスクール　□□

「みなさんこんばんは、間宮涼花です」

「山本です」

「ついにこのシーズンもクライマックスですね。先週の放送をご覧になられたかたから たくさんの反響をいただいております。幸せそうな山田先生がうらやましい！」

「本当にそう思う？」

「もちろん。やっぱり恋ってパワーが出るんです。私も恋がしたくなりました。特に、ラストで内藤さんがハグするシーンは涙が出ちゃいました。あんなことされてみたいって、女子は思いますよねー」

「でも、まだ疑問は残っている。会う約束をキャンセルして、彼女の親友とドライブに行くなんてありえる？　抱きしめて謝ることでうやむやにしてない？」

「ええ？　それは深読みしすぎですよ。きっといろんな事情があるんですよ」

「そう、いろんな事情があったことがわかった。俺は最初から内藤さんを怪しんでいたんだ。男から見ても誠実さがない、って」

「なにか新しい展開があったのですか？」

「今回は、主演の山田先生は出てこない。どうぞ、リアルな世界をご覧あれ！」

――VTR
暗い路地に光る看板。『居酒屋くろべえ』の文字が映り、ナレーションが重なる。

『今回、撮影に協力してくださったのは、熊野市にある居酒屋くろべえ。地産地消をモットーに年中無休で営業しております。前回に続き、提供はナイマーニ。冬のコートが各店舗で発売中です。詳しくはCMでご確認ください』

奥の席に座る男女が映る。ナレーションの声。

『この夜、山田良子の恋人である内藤駿は、大垣梨央と密会をしていた。ふたりは撮影に協力してくれたが、県外であるこの店には電波が届いていないと思っている』

「なんかさー」

大垣がグラスを片手にダルそうな声で言う。

「納得できないんですけど。あれじゃ、あたしだけが悪者みたいじゃない」

それぞれの目のコンタクトカメラが、互いの表情を交互に映す。

タバコに火をつけた内藤が、背もたれに体を預け足を組んだ。ふう、と吐いた煙が宙に広がる。

「しょーがねーじゃん。あそこで別れてたら全世界から俺、責められるし」

「ひどいよ。だって、あたし確認したよね？　別れるって言ったから会いにいったのに、それをぜんぶ否定したんだよ」

「番組的にはああしないとおもしろくないわけだしさ、仕方なく言ったんだよ」

「嘘ばっかり。駿がテレビに映りたいだけじゃないの。それになによ、その恰好《かっこう》」

「ああ、これ？　ナイマーニがスポンサーなんだって」

自慢気にほほ笑んでスーツを着た胸を張る内藤に、

「全然似合わない」

グラスのウーロン茶を飲み干す。

「ね、今会ってること、放送しないって本当に約束してくれたの？」

「ああ。山本さんが約束してくれたよ」

ぷうと膨れた梨央。その頰を、内藤の手がやさしく包む。

「とにかく、もう少しの辛抱なんだから」

「いつまで隠れて会うつもり？　番組が終わったら、ちゃんと良子と別れてよね」

「お前、ひどいな。親友なんだろ？」

「その親友に手を出したのは誰なのよ。あたしなんて『久しぶりに会った』なんて嘘までついてるんだから」

「わかってるよ」

「どっちにしてもはっきりさせて。もうあと戻りできないところまできてるんだから」

「それもわかってる」

ふう、とタバコの煙を吐き出すと、梨央が顔をしかめて言った。

「タバコも禁止。赤ちゃんによくないことくらいわかるでしょ」

内藤の目線が梨央のお腹あたりを映してから、タバコを灰皿に押しつけて消す。

「妊娠って大変なんだな」

ため息混じりの声に、ナレーションが重なる。

『この映像を流すかどうか、番組スタッフは最後まで悩みました。しかし、本当のリアリティをお届けするのが当番組のモットーです』

内藤が山田を抱きしめる映像が白黒画像で映る。

『来週は山田良子のご両親にお話を伺います。その次の二十六日は、いよいよ第三シーズン最終回です。久しぶりの全編生放送で、スタジオには山田良子本人が登場予定です。来週もお楽しみに！』

*

あれから何日が過ぎたのだろう。

冷凍食品の袋が散らばる部屋で、私はじっと身を潜めている。

学校側からは何度も電話があったけれど、そのたびに体調不良を言い訳にした。

ショックなことが起きても、人間はそう簡単には死なないらしい。

ひどく苦しいのに、やたら食べてしまう私。だんだんと体が壊れていくのを感じている。

駿の着信はあれから何度もある。会いにも来てくれたみたいだけど、インターホンもスマホも電源を切ってしまった。

今日は、十二月二十五日の土曜日。

駿と梨央は幸せな時間を過ごしているのだろう。私がこんなに苦しいのを知っていながらふたりで……いや、三人で暖かい時間を過ごしている。

——憎い。

その感情がどんどん大きく成長している。

憎んでいる相手は……？

私を裏切った駿。そして、親友だと思っていた梨央。番組に対しても同じくらいの感情がある。

この数日、樋口さんの手紙を何度も思い出す。

『誰も信用するな』『罪を犯すな』

笑ってしまう。私は彼の忠告を信じるどころかすっかり失念していた。

今になって思えば、駿の態度はおかしかった。梨央もそう。

じゃあ、樋口さんはどうなのだろう？

彼もまた番組の手先だ。

ああ、頭がおかしくなりそう。ぜんぶ壊したい。自分が壊れる前にすべてを破壊してやりたい。

トントンと、部屋のノックの音が聞こえた。

同僚が心配して来てくれたのだろう。余計なお世話だ。みんな、自分に火の粉がからない場所で高見の見物をしているだけ。

ネットも同じ。何度かネットニュースを見たけれど、相関図まで作っておもしろおかしく私たちの関係を取りあげていた。

コメントのなかには私を心配する声もあったけれど、ひどいものもあった。

【おろかな良子。無事死亡】

【あんなイケメンと不釣り合いって自分で気づかないもの？　同情できない】

【固い良子よりモフモフ梨央推し】

【さっさと別れてやれよ】

【生放送で悲劇のヒロインになるんだろ、あーうざい】

コメントを書いたやつらもまとめて殺してやりたい。

――トントン
しつこく続くノックの音のあと、気弱な声がした。

「良子……」

「梨央？」

思わず声を出してしまった。口を閉じるけれどももう遅い。

「やっぱりいたんだね。学校も休んでいるって聞いたから……。良子の同僚の先生に入れてもらったの」

息を潜める。

「あたし、謝りたくって……。あんな放送されると思わなかったから、あたしも駿もひどいことになってるの」

じりじりと戸口に近づく。気づかれないように、バレないように。

「ネット警察って知ってる？　もう会社や自宅までさらされちゃって……。駿の会社にも嫌がらせや誹謗《ひぼう》中傷の電話が続いているんだって」

脳裏には『誰も信用するな』の文字が浮かんでいる。

「あたし、騙《だま》すつもりじゃなかった。でも、ずっと駿のことが好きだったの。大学四年生のときにはじめて紹介された日から片想いしていたの」

「帰って」

玄関のドア越しに声を出す。ひどく冷たい声だ、と自分で思った。

「私には話すことなんてない。どうせこれも番組用の作戦でしょ？　少しでも私を悪者にしたいだけなんでしょう？」

「違う。それは違うよ！　だって、あたしたちもう、コンタクトカメラを取っちゃったの。お願いだから許してほしいの」

彼女はなにを言っているのだろう？

「お願い、ドアを開けて。廊下で先生たちがこっち見てる」

ガチャガチャとドアノブを回す梨央。私はもう彼女を自分の場所には入れない。

「許すってなにを？　親友のフリをしたこと？　親友の恋人を奪ったこと？　それとも妊娠までしたこと？」

もう私は笑っていた。なによこれ。

「帰って。あんたなんて親友じゃない。私は絶対に許さない」

泣いているのだろう。鼻声がわざとらしく耳に届く。

「良子……あたしと駿も明日の生放送に呼ばれているの。そこで三人で話をするんだって……。その前に、話をしておきたいの」

「うるさい！」

爆発したように私は叫んでいた。バン、とドアを叩く。

「帰れ、帰れ！　帰れっ‼」

何度もドアを叩く。誰も信用しない。なにも信用しない。

頭をかきむしる。コンタクトカメラを乱暴に外し、指先で粉々に砕いた。バラバラとこぼれ落ちた破片を何度も足で踏んだ。

どれくらいそうしていたのだろう。

気づけば部屋の前から梨央の気配は消えていた。

破片で足裏を切ったらしく、フローリングの床に点々と血の跡があった。

「明日……生放送」

さっきそんなことを言っていたっけ……。

そう、生放送で全国に醜態をさらすんだ。

今や番組の主役は梨央になっている。どこまで私をバカにすれば気が済むのか。

シンクの水切りかごに置いた包丁が目に入る。

「罪を、犯すな……」

罪を犯すな。罪をオカスナ。ツミヲオカスナ。

バッグに包丁を入れると、幻聴はやっと消えてくれた。

久しぶりに会った樋口さんはひどい顔をしていた。

目の下には隈《くま》が色濃く浮き出ていて、晴れた空の下で幽霊みたいに見えた。

奈良ケーブルテレビまでちょっとの距離なのに、わざわざ車に乗せられることに不審を抱くことなんてなかった。すべては番組のためだ。

だけど、車はなぜか山道を下っていく。

どこへ行くのだろう？　ぼんやりとした頭で考えてもなにも思いつかない。

国道にはたくさんの人たちがいた。最終回である今日は、ファンの人が押しかけているようだ。『梨央ちゃん』と書いたうちわを持つ女子たちが見えた。

どうでもいい、と目を閉じた。もう、私の心は死んでしまいたかった。

車は向かい側の山道へ入ると激しいカーブをこなして登っていく。

木々が車に覆いかぶさってくるように生えていて、昼間というのに薄暗い。

山頂近くにある広場に車を停めると、樋口さんはバックミラー越しに私を見た。

「コンタクトカメラの電波が入らない場所を探したのですが、意外にこんな近くが圏外だったんです」

なにを言っているのだろう、と首をかしげる。

「もちろん信用していませんよね。コンタクトカメラも外されたようですし」

こくんとうなずく。レンズを踏んだ足の裏がまだ痛い。

「このあと生放送がはじまります」

もう一度うなずく。

「俺が書いた手紙の意味、わかってもらえましたか？」

ええ、とぼんやり答えた。

「だったら……ぜんぶぶち壊しませんか？」

「壊す？」

「俺、前から番組のやりかたに疑問を覚えていました。だからぶち壊しましょう」

彼は本気だろうか？　いや、そんなことはない。最後の一波乱を起こしたいだけなんだ。番組を盛りあげるためなら、人の気持ちなんてどうでもいいのだろう。

心配されなくても、今日で私は壊れるのだから。

バッグに忍ばせた包丁を頭に浮かべる。

「でも、暴力で壊すのはいけません。罪を犯すな、とメッセージも送りました。でも、今そういうことを考えていますよね？」

ドキッとした。部屋のなかにもたくさんのカメラがあるせいだ。

「そんなこと……ありません」

バックミラーに映る樋口さんが首をゆるゆると横に振る。

「これまでの主人公も、最後は暴力で解決しようとしていました。番組自体が最後にそう仕向けようとしているんですよ。でも、それに乗っちゃいけない。あなたがされたことをきちんと言葉で伝えるんです」

「……もういいんです」

鼻から息を吐く。

「番組のこととか、もうどうでもいいんです。学校も辞めることにしたんです」

私がしたいこと。それは駿と梨央を殺すこと。生放送で実行することで世間に知らしめ、そのあと自害するつもりだった。

目立たない私が主人公の物語なんて最初からなかった。ラストシーンくらい派手にやりたい。そう決めたの。もう決めたの。

「あなたが不幸になることなんてないんです」

なぜ彼は私の言動がわかるのか。これも演出のひとつだろうに……。

押し黙る私に、彼は一枚の封筒を差し出した。

「番組宛てに届いた手紙です」

「……いりません。読みたくないんです」

体を小さくする。これ以上苦しめないで。

「読むべきです。そして、正しいことをしてほしいんです」

無理やり渡された手紙には、毛筆で宛名が書かれている。

奈良ケーブルテレビ「潜入！　リアリティスクール」山田良子様

その文字に見覚えがあった。

裏を見ると差出人の名前が。ふいに世界が音をなくした気がした。

＊

山茶花《さざんか》が開くころ、如何《いかが》お過ごしでしょうか？

この手紙が山田さん本人に届くことを願いしたためます。

覚えていらっしゃいますか？

あなたが中学生のころ、国語を教えていた湯島正子《まさこ》です。

授業前に私が紹介した小説をあなたは図書室で借りて読んでいましたね。図書室にないものは図書館にまで行き、それでも置いてなかった場合は購入してまで読んでくれました。

いつからか、私もあなたの感想を聞くのが楽しみになっていました。

そんなあなたが教師になったことを、孫が熱心に追いかけている番組で知り心から喜んでいます。

きっと大変な撮影なのでしょうね。
プライベートなことまで表に引き出され、心のなかは穏やかではないでしょう。
山田さんはその名前から『良い子ちゃん』と呼ばれていました。
あだ名で呼ばれたあなたは嫌な顔ひとつせずニコニコしていましたね。
でも心では泣いていたでしょう。
私も昔、『正子のくせに』とからかわれたので気持ちはわかります。
人は勝手ですね。
でも、今になって私は親に感謝をしています。
この名前があったからこそ、正しい道を選んでこられたと。
山田さんも日々、大変な状況かと思います。
はじめて本を読んだ日の感動を、気持ちを忘れずにがんばってください。
そして、いつか同じ教師としてお話ができることを楽しみにしております。
山田さんは私の自慢の生徒です。
教師というすばらしい職に就かれたあなたを誇りに思っています。

湯島　正子

＊

本番前、山本プロデューサーが控室にきた。

控室といっても狭く、窓もない部屋。ここは前にインタビューを受けた部屋だ。

「山田先生、今日はよろしく頼むよ」

小太りの山本さんは、ナイマーニのスーツに身を包んで愛想笑いを浮かべた。

隣に立つ、花のにおいに包まれた女性が口を開く。

「素直に話をしてくださっていいですから。ほんと、番組がごめんなさいね」

ああ、彼女が間宮さんか。

頭を下げてからふと思い出す。

「すみません。お願いがあるのですが……」

山本さんの顔が厳しくなったのを見逃さなかった。本番直前になにを言い出すんだ、と言いたげな表情。

すぐに間宮さんが応じる。

「はい。なんでもおっしゃってください」

愛想笑いが身についていて、それは自然に見える。

少し迷ってから私は言う。

「樋口さんというアシスタントディレクターさんがいますよね？」

「あいつがなにかやりましたか？」

ずいと前に出てきた山本さんに「いえ」と首を横に振った。

「でも、樋口さんを本番が終わるまで、私に近づけないでもらいたいんです」

「わかりました。樋口には建物から外に出ていてもらいます」

間宮さんがうなずき、ふたりは忙しそうに出て行った。

バッグのなかをそっと覗き見た。どこで撮影されているのかわからないから、慎重に行動しなくてはならない。

バッグのなかには、湯島先生からの手紙と剝《む》き出しの包丁が入っている。

――どうする？

自問をまたくり返す。

ドアをノックする音が聞こえた。

「山田先生、本番です」

ゆっくり立ちあがった私のなかに、迷いはもうなかった。

私のラストシーンがはじまる。

ドアを開けるとき、心は夜の湖のごとく静まり返っていた。

第五章　終わりのレンズ——樋口壱羽

控室のドアから出てきた山田良子さんは、俺に気づくと一瞬足を止めた。

身が竦《すく》むような視線が突き刺さる。構わず近づいた俺の肩をいきなり誰かが摑んだ。

振り向くと、屈強な警備員が俺を見下ろしている。

説明する間もなく向きを変えられ背中を押された。なんて力だ。

警備員は受付を通り過ぎ、自動ドアの外まで引きずるように俺を連れて行く。

「社長命令です。夜八時半までは建物のなかに入らないでください」

「なっ……。俺は番組の担当だぞ」

巨体の脇をすり抜けようとする俺は、一瞬で地面に倒れていた。肘から落ちたらしく痛みにうめく。

「命令は絶対なんです。すみません」

警備員の淡々とした口調に怒りがこみあげる。なんだよこれ……。

かといって立ち向かえるほどの腕力はない。建物の壁に手をついて体を起こす俺を不審者でも見るような軽蔑した視線で見てくる。

　腰から下げた無線の存在を思い出した俺は、山本さんに連絡をする。

「俺です。樋口です。今、建物の外に出されてしまってですね――」

『あーそうかそうか』

やけに上機嫌だ。最終回、しかも生放送ということで舞いあがっているのだろうか。

こんな声、久しぶりに聞いた気がする。

『お前は放送が終わるまでそこにいてくれや』

「なんでですか⁉」

『手紙のことも、さっき山田さんを連れ出したこともぜんぶわかっているんだからな。本当にお前は余計なことしかしねえヤツだなあ』

まだ楽し気な口調に言葉が詰まる。そこまでチェックしていたとは……。でも圏外だったのは確かだから、会話の内容までは知られていないはず。

「山田さんの精神状態を考えると、とても今日の生放送には耐えられないと……」

『お前が心配することじゃない。たかがADのくせに身分をわきまえろ』

もう山本さんはいつもの冷ややかな口調に戻っていた。

「でも俺……リストを見たんです」

舌打ちの音を聞いて、やはりあのリストが本物だったと知る。

「間宮さんが見せてくれました。山田さんも暴力に訴える危険性があります」

『放っておくといつか爆発するだろうからな』

当たり前のように言ってのける山本さんに、当たり前のように俺もムカつく。

「だったらこんなことダメです。彼女、きっと生放送で——」

『だからさ、お前、ナニサマなわけ？』

「え……」

『お前にとやかく言われる筋合いはねえ。ぜんぶ順調に進んでいるんだよ。イチバン、お前はもう帰って自分の心配でもしておけ』

そう言うと無線は切られてしまった。

腕時計を見るともう少しで七時。番組がはじまってしまう。俺が止めないと、きっと山田さんは暴走してしまう。

声に振り向くと習志野さんがこっちに向かって歩いてきたところだった。

「ちょっとぉ、壱羽くんなにやってんのよ。もう本番はじまっちゃうよ」

「習志野さんこそなにやってるんすか？」

「あたしは今、出演者を迎えにいってたところだよん」

にっこり笑う習志野さんに、俺は警備員を見やる。ダメだ、まだ見ている。

「出演者って、内藤さん？」

「内藤さんと大垣さん。かなり拒否られて、もうギリギリだったよぉ」

けれどふたりの姿は見えない。

俺のいぶかしげな表情に気づいたのか、習志野さんは裏手のほうを指した。

「時間がないから大道具部屋から入ってもらったの。あそこからのほうがスタジオが近いし。それより早く行かなくちゃ」

「あー、あのさちょっと」

「え、なになに？」

俺は習志野さんの腕を引き、警備員から聞こえない位置に移動する。

「締め出されちゃっててなかに入れないんだよ。でも、この生放送はヤバいんだよ」

「ヤバいって？」

「山田さん、ひょっとしたら内藤さんや大垣さんに危害を加えるかもしれない」

バックミラー越しでもはっきりとわかるくらい絶望に憑《と》りつかれていた表情。主人公になった人はみんな、最後はあの表情になってしまう。

「危害……って、本当に？　え、どうしよう……」

「だから俺をなかへ入れてくれ。渡辺くんや一ノ瀬さんのときは、事件が起きる前に止められた。今回もそうしなきゃいけないんだよ！」

習志野さんはしばらく考えて、やがてポケットからＩＤを取り出した。

「これで大道具部屋に入れる。行こう。お礼に夕飯おごりなさいよ」

「わかった！」

抱きしめたい衝動を抑えて裏口へ急ぐ。彼女への気持ちが本物だと確信できた気分。

やっぱり俺は、習志野さんのことが好きなんだ。

こんな状況なのに恋心が大きくなっているなんて、人間は不思議な生き物だ。

IDを裏口のドアの下にかざすと、ロックが解除される音がした。

俺が止めなくちゃいけない。悲劇を起こさないためにはそれしかなんだ。

間もなく、生放送がはじまる。


大道具部屋は、部屋といっても小さな体育館くらいの広さがあった。

各番組で使うセットが、所狭しと並べてある。スタジオの壁や照明器具、キャラクターのぬいぐるみなどをすり抜けると、スタジオの横手に出た。

「間もなく本番です。準備してください！」

スタッフが慌ただしそうに動き回っている。

まぶしいライトのなか、セットである長テーブルに座った山本さんと間宮さんが見えた。隣には緊張した顔の内藤さんと大垣さんも座っている。

すぐそばにある分厚いカーテンの前にスタッフが立っているのが見えた。横で不安げな表情を浮かべているのは山田さんだ。

慌てて声をかけようとする俺を、習志野さんが腕を引いて止めた。

「今、声をかけても止められるだけ。あたしにまかせて。壱羽くんはちょっと隠れてて」

そう言うと歩いて行き、若手のスタッフに声をかけた。

「ここ代わります。スタジオの手伝いをしてほしいそうです」

「え、でも……」

「早くしろ、って怒ってましたよ。ミスがどうのこうの、って言ってました」

「えっ！　あ、わかりました」

なにか心当たりでもあるのか、挨拶もそぞろにスタッフは駆けていった。

習志野さんが、おびえた目をしている山田さんの耳元でなにか言う。何度もうなずく山田さんが俺に気づき目を逸らした。

……どうか、早く。もう時間がない。

焦る俺にまたスタッフの声が聞こえた。

「本番参ります！　五秒前……三、二——」

俺は山田さんに向かって歩き出していた。

□□　潜入！　リアリティスクール　□□

「アナウンサーの間宮涼花です」

「プロデューサーの山本です。よろしくお願いします」

「第三シーズン最終回は、緊急生放送スペシャルです。ゲストには、出演者である内藤駿さん、大垣梨央さんをお迎えしました。今日はよろしくお願いいたします」

黙って頭を下げるゲスト二名。

「まずは内藤さん、感想をお聞かせください」

「あの……たくさんご意見をいただきました。ご迷惑をおかけし申し訳ありません」

「いえいえ、最初は批判的なご意見が多かったのですが、近頃はふたりを応援するファンクラブまでできたようですよ」

「ありがたいです。あの……それでも自分がしたことは許されることじゃないとわかっています。今は、梨央との生活を考えています。そこをわかってほしくて」

「続いて大垣梨央さんに伺います。どのようにお考えですか？」

「あの……あたし、あたし――」

「ああ、泣かなくていいんですよ」

「すみません。あたし、良子に許してほしいと思っていました。でも……」

「このあと、第三シーズンの主役である山田良子さんにもスタジオにお越しいただく予定です。その前に、第三シーズンのダイジェストをご覧ください」

＊

スタジオではVTRの音声が流れている。山本さんはスタッフに指示を出しに行っているらしく不在。間宮さんはゲストのふたりにやさしく声をかけている。

「山田さん」

俺の声に、習志野さんが数歩下がってくれた。彼女はため息で答えた。

「番組に出てはいけません。このまま出ては危険です」

「……近寄らないようにと言われませんでした？」

どこか力の抜けた声だと思った。うつろな目が心に刺さる。

「とにかく帰りましょう。今出て行くのは止めたほうがいいです」

きっと怒りを爆発させてしまう。予感というよりも確信に近かった。

けれど、彼女はかたくなに首を横に振った。

「大丈夫です」

「大丈夫じゃありません。今のインタビューを聞いたでしょう？　内藤さんと大垣さんは少しでもイメージをよくしようと必死だし、司会者もそれを応援している流れです。このまま出ても責められるだけです」

肩に手を置くと、服越しなのにひどく冷たさを感じた。

「樋口さん、メラビアンの法則ってご存じですか？」

山田さんがスタジオのライトに目を細めた。太陽のように強い光なのに、彼女の細い横顔は青ざめて見えた。

「いえ……そんなことより早く」

急いでここから退散させないと、と焦りばかりが大きくなる。VTR明けに彼女はスタジオに呼ばれるだろう。その前に早く！

「人は見た目が九割、という説です。元々の意味は違うものなのですが……」

「山田さん、今は——」

「見た目って大事ですよね。教えてくださいますか？　駿や梨央のように私のルックスがよければ、みんなは応援してくれたのでしょうか？」

口の端に笑みを浮かべた山田さんが、俺をまっすぐに見た。

「そんな仮定の話をしてもしょうがないですよね。だけど、地味な私が主役に選ばれたことにも意味があると思うんです」

にわかにスタジオが騒がしくなったかと思うと、スタッフの声が響いた。

「VTR終わりまで五秒前」

ヤバい、このままじゃ――。

「お願いですから、放っておいてください。第三シーズンの主役は、私です」

俺の手をそっとのけた山田さんは、もう体をスタジオのほうへ向けていた。

「皆様お待たせいたしました」

間宮さんの声が聞こえると、山田さんは結んでいた髪を解いた。ふわっと広がる髪を手でとかすと背筋を伸ばした。

まるで最後の舞台にあがる女優みたいだ。頰に赤みまで差している。

「山田良子さんです。どうぞ！」

――ダメだ！

ステージに足を進める山田さんに手を伸ばしたとき、間宮さんと目が合った。彼女の鋭い表情が俺を貫く。

スタジオ中央に足を進めると、山田さんはカメラのほうへゆっくり頭を下げる。

「どうするつもり？」

うしろにいる習志野さんが尋ねた。

「止めるよ。それしか方法がない」

「止めるってどうやって？　まさか、スタジオに乱入するの？」

ふん、と鼻から息を吐く。今日までに覚悟は決めていた。

「習志野さん、俺さ……この間、配置換えをお願いしたんだ。リアスクの担当から外してほしい、って」

暗がりを振り返ると、習志野さんが目を丸くしている。彼女と一緒に番組ができることを喜んでいた時期はすでに遠い。今じゃ、一刻も早くこの番組から抜けたい気持ちでいっぱいだ。

「でも、山本さんに一蹴されて終わった」

プロデューサー室で、山本さんは虫けらでも見るような目で俺を見ていた。

「これ以上、俺は耐えられそうもない。この番組に出演する人は前もって精神鑑定を受けているんだ。より危険度の高い人を取りあげて、おもちゃにしている」

「……でも、それは番組のためだから」

ああ、やっぱり。習志野さんもリストのことを知っていたんだ。

「俺にはとてもできない。だから、会社を辞めるよ」

「妹さんはどうするの？　高校の推薦、楽しみにしているんでしょう？」

二葉ごめん。そのぶん、地元に戻って誠心誠意サポートをするから。

「きっと、妹ならわかってくれる」

言葉に願いをこめて前を向く。山田さんが皆に囲まれるように座っている。

かわいそうに。俺が今、助けるから。番組に乱入して彼女を連れ出す。

「もう、気持ちは変わらないのかな?」

習志野さんがうしろでつぶやく。まるで感情のない声に聞こえた。

「ああ、もう変わらない。行ってくるよ」

「そう」

――ゴトリ

重い物を動かすような音がして振り向くと、暗闇のなかで習志野さんが両手を上に挙げている。その手になにか持っていることに気づいたときは遅かった。

「壱羽くん、ごめんね」

振り降ろされた物が頭に当たった瞬間、俺は床に倒れていた。

遅れて頭に激痛が走った。指で確かめると、ぬめっとしたものが触れた。

これは……血? ぐらんぐらんと揺れる視界に、膝を折る習志野さんが映る。

俺の顔を心配そうに見つめている。

今のは、習志野さんがやったのか? それとも別の誰かが?

テレビを切るようにぷつんと視界が消える。

□□　潜入！　リアリティスクール　□□

「実際、山田さんは今回のことをどのようにお考えですか？」

「……正直に言うと、驚くことばかりでした」

「ですよね。ネットでは山田さんを心配する声がある一方で、内藤さんと大垣さんを擁護する声もあるのですが、それについてはいかがですか？」

「存じております」

――ガタン　バタン
「失礼しました。大道具の音が入ってしまいました。山田さん、続きを」

「内藤さんに……怒りを覚えました。大垣さんに対してもです。裏切られた気持ちばかりが募ったんです。正直、ふたりを殺して私も死のうとまで思い詰めました」

「それについて内藤さん、お気持ちをどうぞ」

「申し訳ないと思っています」

「大垣さんは……。ああ、ちょっと話せる状況じゃないですね。スタッフのかた、ハンカチをお願いします。では山田さんは殺意まで覚えたのですね」

「はい。……これを見てください」

「え？　包丁……。ちょっと、ちょっと待ってください！　スタッフ!?」

「使いませんから大丈夫です。お渡ししておきますね」

「……はい。あの、これは……」

「本当はこの包丁を使ってすべて壊すつもりでした。でも、今はそう思いません」

「どうしてですか？」

「改めて考えると、私と内藤さんの関係はとっくに壊れていたんだって、気づいたんです。それは彼が悪いわけじゃない。見ないフリで、私はすがっていただけなんだって。もうそこに愛なんて残っていなかったのに」

「わかります」

「今はまだ、ふたりを応援できません。でも、私たちの恋が終わったことは、ちゃんと受け止めることができました」

「良子……すまない」

「たぶんしばらくは恨むと思う。それが人間だと思うから。だけど、もう私を気にせずに幸せになって。梨央も、もう泣かないで」

「良子……」

「すばらしいですね。そのような考えに改められたこと、本当にすばらしいことだと思います。なんだか私まで感動してしまいました！」

「……綺麗《きれい》ごとじゃねーか」

「山本さん？」

「そんなの綺麗ごとだろ？　もっと本音を出せよ」

「これが私の本音なんです」

「そんなの番組的には望んでないんだよ。怒りは抑えるとまた爆発する。心に嘘をついてやり過ごすのはもうやめたほうがいい」

「私もそう思っていました。この番組に出させてもらって気づいたのは、自分の心にも悪魔がいるということです。怒りと憎しみに満ちた悪魔がいたんです」

「そいつを解放する手段はわかっているだろう？」

「ええ……だから、怒りに身を任せて壊すよりも、すべて受け入れることにしたんです。物事は善と悪のふたつだけじゃない。善にも悪の要素があり、悪にも善の要素がある。見た目ではなく、本質をしっかり覗きこむことが大切なんです」

「意味がわからん。間宮、頼む」

「山田さん、どうしてそのような考えになったのですか？」

「恩師から……手紙が来たんです。学生時代の恩師です。それを見て教師になりたいと願った日のことを思い出したんです。今はまだ半人前ですけど、その道をしっかり歩んでいきたいと思っています」

「じゃあ、もうふたりを許す、と？」

「聖人君子じゃありませんから、まだ無理です。でもきっといつか、許せると信じています。ふたりもいつか私のことを許してほしい」

「山田さんは、これからどうされるのですか？」

「先ほど退職届を学校に提出してきました。初心に戻り、また違う地でがんばっていくつもりです。生徒の皆さんごめんなさい。だけど、こうするのが一番の方法なんです、わかってください。視聴者の皆さま、本当にありがとうございました」

「ひとつの恋が終わり、ひとつの恋がはじまる。これにて第三シーズンは完結となります。次回からスタートする第四シーズンもお楽しみに！」

＊

目が覚めたと同時に、勝手に口から悲鳴が漏れ、くの字に身を丸めていた。痛みは行き場を求め体中を這いまわり、一気に後頭部へ集まっていく。

うめく自分の声を聞きながら頭に手をやると、なにかが指に触れた。

……包帯？

しばらくじっとしていると、痛みの波が少しずつ治まってきた。

医務室らしく、狭い部屋にベッドが二台と診察台がある。

壁時計を見ると午後九時を過ぎている。放送は終わってしまったのか……。

ベッド上で体をゆっくり起こし、スマホを探す。が、荷物がない。

そこで思い出す。

「習志野さん……」

舞台の袖でふり向いたとき、習志野さんは両手を振りあげていた。そのときの目は……笑っていたと思う。俺は彼女に殴られたのだろうか？

まさか、と頭を横に振る。習志野さんがそんなことをするはずがない。

席を外していた山本さんの仕業に違いない。俺がカメラの前に出るのを阻止するために暴挙に出たのだろう。

「くそ……」

つぶやく声に頭がまた割れそうに痛む。

壁際にある洗面鏡には、包帯を頭に巻いているミイラ未満の俺が映るだけ。

とにかくここを出よう。警察に行き、すべてぶちまけるしかない。

この傷が証拠となり、番組は終わるだろう。

「腹が立つ。ああ、ムカつく」

ふらつく足でドアの前に立つが、なにをしても開かない。鍵がかけられているということは、意図的に俺を閉じこめようとしているのか。

頭痛に耐えながら見回すと、診察台にあるパソコンが目に入った。たしか、社内のパソコンではスタジオなどの様子が見られたはず……。

社内カメラの動画へアクセスする。日曜の夜だけあって、どこにもスタッフの姿がない。もうみんな帰ってしまったのか……。

てっきり大惨事になっているかと思ったが、普通に番組は終わった？

なにもわからない。イラ立ちとムカつきが沸々とこみあげる。

「腹が立つ。ああ、ムカつく」

呪いのごとくこぼれる声を、どこか遠くで聞いている気分だ。

山本さんの部屋を見ようとするが、アクセス権がなく映らない。すべてのカメラを表示してみると、ひとつだけ明るい画像があった。

オフィスのカメラだ。

アクセスすると、無人の撮影カメラが山本さんと間宮さんを映している。

「終わったな」

山本さんの声が届いた。

浮かない顔の間宮さんが腕を組んで棚にもたれている。

「最後は予想とは違ったが、まあハッピーエンドだったしな」

「そうね」

「なんだ？　言いたいことでもあるのか？」

「樋口くんのこと、どうするつもりなの？」

「お前はいつだってヤツを敵対視してるなあ」

山本さんが間宮さんの肩を抱くが、「ふざけないで」とさらりとかわされる。

「なに、ちゃんと考えている。ああいう危険因子は排除しないとな」

「最初からそうしておけばよかったのよ。何度忠告しても聞く耳を持たなかったのはあなたでしょう？　今日だってスタジオに乱入してきそうだったじゃない」

「阻止したんだから平気さ」

怒りが再燃してくる。やっぱりこいつらが首謀だったんだ。

急に山本さんが手を挙げた。画面に注意を戻すと、暗闇から現れたのは……。

「習志野さん……」

ゆっくりと照明のなかに入った習志野さんの表情はみえない。

ズームをすると彼女の横顔が荒い画像でアップになった。

少し引いて全体を捉える位置にカメラを戻す。

習志野さんがどちら側なのかわかならい。でも、もし彼女が山本さんに対して、いや会社に対して不信感を持っているのなら、彼女自身が危険にさらされる。

俺にできることはなにかないか……。

デスクに置かれた電話が目に入る。そうだ、ここから警察に電話を――。

しかし、どのボタンを押してもなんの反応もない。

「樋口の様子はどうだ？」

山本さんの声が聞こえる。くそ、急がないと！

「傷はたいしたことないそうです」

習志野さんが軽い口調で答えた。受話器を元の位置に戻し、俺は画面を見る。

「ドクターにモルヒネを投与してもらいましたから、しばらくは目を覚ましません」

すらすらと話す習志野さん。まるで催眠術にかけられたかのようだ。

これは……なんだろう？

混乱する頭に痛みが生まれる。殴られた痛みじゃなく、片頭痛のときに感じる種類のものだ。机に突っ伏しうめく。なにがなんだかわからない。

「ねぇ、どうするの？　このまま放っておいたら工藤さんと同じじゃないの」

間宮さんの声にゆるゆると画面を見た。工藤さん……？

山本さんがうなずいた。

「あいつと同じ薬を打てばいい。すぐに壊れて警察へ行こうなんて思わなくなる」

呆然《ぼうぜん》とした頭で山本さんの言葉を反芻《はんすう》する。

俺と話をしたばっかりに工藤さんは……。

「前と同じようにできるか？」

「簡単です」

山本さんの問いに答えたのは……習志野さんだった。

「あのときも工藤さんは私を疑ってもいませんでした。今回もうまくやれます」

「そんな……」

まるで映画を観ているようだ。冬だと言うのに汗がこみかみを流れて、ぽとりと落ちた。全身の鳥肌が一気に立つようにゾクゾクとする感覚が襲っている。

「じゃあさっさとやってこい。そのあとは俺が処理するから」

うなずくと、画面から習志野さんが消えた。

「そんな……」

涙があふれた。呆然とモニター画面を閉じる。

習志野さんが、そんなひどいことを……？

混乱する頭のなかで、あきらめの感情が大きくなる。

鍵が開けられる音が聞こえた。ゆっくりと椅子から立ちあがる。

ドアの隙間からひょっこり顔を出した習志野さんが、「やほ」とほほ笑んだ。

「……ああ」

涙は必死で拭ったが、自然にするなんてできなかった。

「目が覚めたんだ？　びっくりしたよ、急に倒れるんだもん」

心配そうな顔をする習志野さん。これは本物の表情なのか？　ドアを閉め、俺のほうへ足を進める顔に笑みは浮かんだまま。

なんで笑っていられるんだよ。距離を取る俺に、習志野さんは足をぴたりと止めた。

「……なに？　どうしちゃったの？」

「いや……別に」

誰も信用するな。工藤さんの言葉を心で唱える。

不思議そうに俺を見ていた習志野さんが、急に噴き出したあと、声を出して笑った。

これも演技だ、騙されちゃいけない。

ひとしきり笑ったあと、目じりの涙を拭うと習志野さんはベッドに腰をおろした。

「もう、いい加減にしてよ。壱羽くんにまで疑われたらなんのために演技してるのかわからないじゃん」

ぶうと膨れるかわいい顔に、頭のなかが混乱していくのがわかる。

「前にも言ったはずだよ。あたしだってこの会社を疑っているんだから」

屈託のない笑顔で言ったあと、習志野さんはチラッとドアのほうを見やった。

「この会社は番組のためにひどいことをやっているの。番組を成功させるためならなんでもやるんだよ。やっとその証拠を突き止めたんだから」

胸ポケットからペンを取り出すと、蓋の部分をスライドさせる。

「カメラになってるの。これでバッチリ証拠を摑んだから安心して」

「な……」

なにが本当なのかわからない。俺はブンブンと首を振った。

「さっき俺を殴ったのは習志野さんだよな？　工藤さんにやったことも知ってる」

この会社はおかしい。山本さんも間宮さんも、習志野さんまで敵だったんだ。

「聞いて」と悲しい声で習志野さんは立ちあがった。

「疑う気持ちもわかるよ。さっき、山本さんたちと話をしたのも聞いたんだよね？」

答えずにあとずさりをする。

「だったらなおさら、あたしのやってきたことわかるでしょう？」

「来るな。こっちに来んな！」

「大丈夫だから。あたしの話を聞いて。あたしだってこの二年半、ずっとひとりぼっちだった。誰も味方がいないなかで、会社への疑いだけを強めていたの。それを支持してくれたのは——工藤さんだったの」

工藤さんが……？

「工藤さんも会社への疑いを強めているひとりだった。精神まで壊れかけて……。だから、あたしは彼に注射を打つフリをして休んでもらったの」

「信じない。俺は絶対に信じない！」

すぐそばまで間合いを詰めてくる。これ以上近寄ったら殴ってやろう。

「やっとぜんぶの証拠が今日集まったの。もうすぐ、警察がここに来る」

警察が……？

言葉にしていないのに「うん」と習志野さんはうなずいた。

「これですべて終わり。あたし、この会社を訴えることにしたの。工藤さんも一緒に戦ってくれるって。だってひどいよ。みんなをあんな目に遭わせて……」

大きな瞳になにか光る。次の瞬間、習志野さんは大粒の涙をひとつこぼした。

「主役のひとたちは最終的にはいい形に落ち着いたよ？　でも考えてみて。内藤さんや大垣さんはどう？　家族や職場までさらされて苦しい思いをしている」

「それは……」

「人には見られたくない部分がある。それをあばく権利なんて誰にもない」

ボロボロと涙をこぼしながら言う。

「もうこんなこと終わりにしよう。そのためにあたし、がんばったんだから」

習志野さんは、小さな背中を震わせて泣いている。

……ああ、俺はとんでもない間違いをするところだったのかもしれない。

彼女を抱きしめるのに勇気なんていらなかった。

「壱羽くん……」

腕のなかで泣きじゃくる習志野さんを愛おしく思った。たったひとりで戦ってきたんだ。それなのに俺は疑ってしまった。

ズキン
また頭痛が俺を責める。体を離そうとしたとき、習志野さんの右手が目に入った。

スカートのポケットに手を入れ、なにかたしかめるような仕草。

ゆっくり引き出す手元にあるのは――注射器だ。

「っ！」

突き飛ばそうとする前に足をかけられ、受け身も取れずに腰から床に倒れた。

馬乗りになった習志野さんが、俺の髪を力任せに引っ張った。

「あああああ！」

叫びながら俺の頭を床に叩きつける。鈍い音がして、視界がぐにゃりと歪《ゆが》んだ。

「もう、壱羽くんは勘だけは鋭いんだから困っちゃうな」

あはは、と笑う習志野さんを信じられない思いで眺めた。

「あたしだってこんなことしたくないよ？　でも、壱羽くんはしつこいの。そんなんじゃ社長になれないんだからね」

世間話でもするような口調で注射器のキャップを取る。針の先から透明の液を飛ばし、鼻歌まじりに習志野さんが俺の首に手を当てた。逃げたいのに体が言うことを聞いてくれない。

「すぐにラクになるからね。こういうのってさ、おかしくなった人の勝ちだから」

「や……めろ」

「ああ、そうそう」

本当に楽しそうな笑顔で習志野さんは言った。

「妹さんを高校に行かせたかったんだよね？ そのためにがんばってきたんだもん。でも残念でした〜。二葉ちゃんは中学を卒業したらこの会社に入るんだよ」

「な……」

起きあがろうとする俺の頬を、習志野さんは躊躇なく殴った。

「話は最後まで聞くこと。あたし、一応先輩なんだからさ」

首筋に針の先を感じても、もう体は一ミリも動いてくれなかった。

「でね、会社に入ったらすぐに番組の主役になるの。行方不明の兄を探すヒロインとして登場。あなたの役割は受け継がれる。だから安心しておかしくなってね」

針が体に入って来る。痛みも感じない。

ああ、俺はここで終わるんだ……。

――その時だった。

「あっ！」

悲鳴が聞こえたと同時に、俺の上にあった重さが消えた。

習志野さんが俺の隣で崩れている。その背中に刺さっているのは……ナイフ。じわじわと血が床に広がっていく。

蛍光灯にかぶさるように視界に黒い影が映った。

影は俺に顔を近づけて笑う。

「だから言ったろ。誰も信用するな、って」

それは――工藤さんだった。

警報機が鳴っている。

バタバタと走るいくつもの足音が重なり、こだまのように頭で響いている。

「大丈夫か？」

工藤さんの声がする。狭い箱のなかは真っ暗だ。

医務室を出てからずっと大道具部屋へ身を潜めている。段ボールや家のセットが並ぶなか、俺たちは大きな収納箱に隠れていた。

「これからどうしましょうか？」

小声で尋ねると、工藤さんは「そうだな」とつぶやく。

「この部屋の監視カメラは撮影できないように塞いでおいたけど、逆に怪しまれるだろうな。とにかく早く外に逃げないと」

箱の蓋をそっと持ちあげてあたりを確認する工藤さん。警報ランプが彼の横顔を一定の間隔で赤く浮かびあがらせている。

「大道具部屋の出口から逃げるのが最短だろうが、少し様子を見よう」

蓋を閉じるとまた暗闇に世界は沈む。

「工藤さん、大丈夫なんですか？」

俺の質問に低く笑う声がした。

「ああ。ずいぶん長い間、夢のなかにいた感覚だったよ。僕以上に嫁や子供に迷惑かけちゃったみたいでさ、本当に悔しいよ」

軽い口調で言っているけれど、俺には想像もつかないほど苦しんだだろう。

「今日はどうして会社に来たんですか？」

俺の問いに、「簡単だよ」と工藤さんは言った。

「嫁に会ったんだろ？　習志野さんと一緒に来たと聞いて、イチバンも徐々に番組の歯車に組みこまれているんだとわかったんだ。幸い、僕はまだこの会社に在籍しているから、様子を見にきたんだ。そうしたら、イチバンが習志野さんに殺されそうになっていたってわけ」

習志野さんの横たわる姿を思い出す。床に広がる血は想像よりも濃い赤色だった。

「今ごろ僕は指名手配かもな」

そう言ってから工藤さんは俺の肩に手を置いた。

「僕では精神疾患のある容疑者にされるだけだろう。だからこそイチバン、君が警察に真実を訴えてほしい」

「……はい」

ふう、と息を吐く音が聞こえ、工藤さんがまた箱から顔を覗かせた。

もう警報ランプは点滅しておらず、しんとした空気だけがあった。

「まずいな……。警報ランプが止まったということは、ここが特定されたってことかもしれない。いいか、僕が警備員を引きつけるから君は逃げろ。外に出たらすぐに警察に電話をするんだ」

「工藤さんは？」

「あとで会おう。時間がないから行くぞ」

怖いけれど今はそんなことを言っている場合じゃない。なんとしても外に出て、すべてをぶちまけるんだ。

「じゃあ、なるべく入口近くに隠れて。僕のＩＤカードで外に出られる」

大きく深呼吸をして気持ちを集中させる。こんなときなのに、頭痛がおさまらない。

壁際に向かう俺に、工藤さんが言う。

「なあイチバン。誰も信用するなよ」

工藤さんはわざと足音を立て、外へ通じるドアに向かっていく。

「おーい、誰かいないのか⁉」

怒号のあと無線の音がした。上下左右に懐中電灯の光の輪を揺らした警備員が二名駆けてくる。それを確認し、俺は出口へじりじりと移動する。

「動くな！」「捕まえろ！」「こっちです！」

いくつもの声がわんわんと響いている。ドアの前には誰の姿もない。

――工藤さん、必ず助けに来るから！

電子キーにＩＤカードを翳《かざ》そうとしたときだった。

「そこまでよ」

すぐうしろで女性の声がした。間宮さんだ。

振り向くと同時にライトを浴びせられる。目がやられてなにも見えない。

直後、バンッという音ともに、天井中央の照明が灯《とも》った。

「樋口くん、もうやめなさい。これ以上、罪を重ねてはいけないわ」

哀れみを含む声。スポットライトみたいに部屋の中央だけが照らされる。

「工藤さん！」

そこには、血まみれで倒れている工藤さんがいた。

間宮さんは首をゆっくりとかしげた。

「あなたが殺したのよ」

「な……。違う。違う！」

「習志野さんを殺したのもあなた。ぜんぶ、あなたの精神状態が引き起こしたの」

「うるさい！」

力任せに頬を張ると、あっけなく間宮さんは床に崩れた。

急いでドアを開けないと……。ガタガタと震える手でカードを当てる。

腹が立つ。ああ、ムカつく。腹が立つ。ああ、ムカつく。

ピピピッと電子音がして、赤く光るパネルにエラーが表示された。

「なんで開かないんだよ！　くそ！」

憎い。この会社が憎い。間宮さんが憎い。山本さんが憎い、全員が憎い！

俺の叫びに呼応するように照明が消えた。非常灯すら消えている。

真っ暗闇な世界で、気づくと俺は膝をついていた。

沸々と燃えたぎる怒りで、今にも化け物になってしまいそうだ。

――ふいに、音が聞こえた。向こうのほうが明るい。

誰かが楽し気に話をしている声。よく知っている人の声に思えた。

ゆっくり立ちあがり、あたりを見回す。

倒れていたはずの間宮さんがいない。中央に進むと、工藤さんの姿もない。

「え……なんで？」

まるでマジックのように、警備員もかき消えている。

光のするほうへゆっくり近づいていく。まるで光に吸い寄せられる虫みたいだ。

スタジオに入ると、『潜入！　リアリティスクール』のセットの真ん中に一台の大型テレビが置いてあった。画面に映像が流れている。

ああ、これは番組の録画ビデオだ。間宮さんと山本さんがなにか話をしている。

俺はしびれた頭でなすすべもなく、その映像を眺めた。

そこに映っているのは、俺だった。

□□　潜入！　リアリティスクール　□□

――ＶＴＲ・樋口壱羽のダイジェスト
「謝らなくても大丈夫ですよ」

「無事に脱出できたのですからよしとしましょう」

「こんな山奥に奈良ケーブルテレビがあるなんて知りませんでした」

「社長というのは言い過ぎかもしれませんけれど、ケーブルテレビは加入さえすれば他県でも視聴できます。奈良県の良さをたくさんの人に知ってもらえるような番組を作りたいんです」

「でも教えかたってあると思うんです」

「お言葉ですが、地元ニュースは人手も少なくて取材のメンツが足りませんが」

「でも、今日会うかたにも、俺がずっと電話連絡をしてきたんです」

「――やらせてください」

　ナレーション
『本当のリアリティはなにか？　私たち奈良ケーブルテレビは長年模索し続けてきました。どんなリアリティ番組を作っても、人は慣れる生き物。シーズンが進むごとに、主役に選ばれた人は主役を演じ、脇役たちもまたしかり。そこで、私たちは壮大な仕掛けを取り入れることにしたのです』

「今、山本さんと習志野さんが社長と話し合いをしています。ってもうかれこれ三時間ですよ」

「俺のせいですみません」

「むしろクビになっちゃうかもしれません」

「申し訳ありませんでした。もう二度としません。ですので、どうか寛大な処置をお願いいたします」

ナレーション
『この番組が、あたかも裏でひどいことをおこなっていると思わせるよう、様々な仕掛けをしたのです。疑いを持った人がどんな行動を取るのかを半年以上に亘り撮影をしました』

「工藤さんはうちの会社を疑っている、ってことですよね」

「いつも通りだよ。会社すごく楽しいし、なんたって社長を目指してるからさ」

「なあ、二葉。俺さ、絶対に今の会社でがんばるからな」

「渡辺くんの容態はどうですか？」

「ちょっと早すぎませんか？　あんな事件があったばかりなのに……」

「……会社のやりかたについていけないって思ったんです」

ナレーション
『我々のシナリオに、純粋な彼がどう対応していくのか。我々の壮大な仕掛けに彼はどう立ち向かうのか。これは通常の規模を超えた、リアルなドッキリ番組です。皆さんには彼が奮闘する姿の目撃者になっていただきます』

「前から思っていましたが、山本さん、怪しくないですか？」

「俺、最後に会ったとき、コンタクトカメラを装着していたんです。俺と工藤さんは、会社について疑問を覚えていました」

「工藤さんは会社を辞めさせられたんじゃないですか？」

「行きたい高校が見つかってよかったな」

「それって交換条件みたいじゃないですか」

「奈良ケーブルテレビはナニサマなんですか」

ナレーション
『ファイナルシーズンである第四シーズン。主役は、奈良ケーブルテレビアシスタントディレクター樋口壱羽！　君だ!!』

＊

テレビが音もなく消えた。同時にスタジオに煌々《こうこう》とライトが灯る。数台のカメラが俺を撮影している。

夢から醒《さ》めた気分で、あたりを見回した。

「なんですか……。これ……」

カラカラに渇いた喉でなんとか声にした。

画面には俺が映っていた。四月からの自分が、いろんな表情でしゃべっていた。

「見ての通りだよ」

声にハッと振り返ると、山本さんと間宮さんが立っていた。カメラの何台かがそちらを向く。

「なにが……。いったいどうなってるんですか？」

痛い。憎い。痛い。憎い。憎い。

「まだわからないの？」

間宮さんが俺を見た。さっきまでの鋭さはなく、悲しみを湛《たた》えた表情。

「樋口くんが第四シーズンの主役なの。これは入社したときから決まっていたことなのよ」

「俺が……主役？」

言いかけて、そんなはずがないことに気づく。

「冗談はやめてください。だって、実際に習志野さんも工藤さんも刺されたんですよ。俺だって傷を負わされた。こんなこと許されるはずがない！」

ふたりの倒れた姿が脳裏をよぎる。どちらも赤い血の色とともに。

わなわな震える俺をカメラが撮影している。

「やめろよ。おい、撮るな！」

山本さんが笑うのを見て、怒りは沸点に達する。が、彼は表情を緩めたままだ。

「ではネタばらしといこう。ふたりともこっちへ」

奥に向かって声をかける山本さん。暗がりからライトの前に歩いてきたのは、習志野さんと工藤さんだった。

「なんで……ふたりとも、生きてたのか？」

「壱羽くん、ごめんね」

「イチバン」

まだ血だらけのふたりがにこやかに立っている姿は、ホラー映画のよう。

習志野さんが俺に近づくから、思わずあとずさりをしてしまった。

「本当にごめんなさい。人間不信になるよね？」

「イチバンはすごいな。本気で僕たちを心配してくれた。胸が熱くなったよ」

工藤さんが感動したように目を潤ませている。

「俺は……だまされていた。そういうこと？　ぜんぶ、嘘だった……？」

混乱をするなか、間宮さんが一台のカメラの前にすっと立った。

「これこそが本当のリアリティなのです。皆さまには彼の九カ月間という長い期間に亘るリアリティを体験していただきました。『潜入！　リアリティスクール』第四シーズンはこれにて終了となります。長い間の応援、ありがとうございました」

ふと、照明が弱くなった。

番組スタッフがぞろぞろと出て行ってもまだ、俺の頭はフリーズしていた。

スタジオには、俺と山本さん、間宮さん、習志野さんと工藤さんだけが残された。

俺のなかにあるのは、違和感という名の感情。それが警戒音を発している。

壮大なドッキリだとしても、おかしなところがたくさんある。

それは……ぐっと歯を食いしばり思い出す。思い出せ、と強く念じる。記憶の欠片《かけら》を集めると、抗《あらが》えないような怒りも一緒にこみあげてくる。

スタジオのテーブルになにか置かれている。ナイフだ。

素早くそれを摑むと、俺はみんなに刃先を向けた。

「なにがドッキリだよ。あんたたち最低だよ！」

けれどみんなの反応はない。まるで実験カゴに入れられた動物みたいな気分。

「番組のためならなんでもやるのか？　それでも人間かよ！　俺の頭の傷はどうなるんだ？　これは偽物じゃない。実際に傷つけられたんだ」

そうだよ、俺は負傷している。これは紛れもない事実だ。

ゆらりと刃先を習志野さんに向けた。許せない。俺の気持ちをいいようにもてあそんで傷つけやがって！

「もういいわ。あのね、樋口くん——」

間宮さんの言葉を遮って、床をダンッと蹴った。

「うるさいうるさいうるさい！　今は俺がしゃべってるんだよ。許さねーよ、お前ら全員許さない！」

なんでそんな目で俺を見るんだよ。憐《あわ》れみと同情を引っつけた顔、顔、顔。

ああ、そうか。主役を演じた人はみんなこんな気持ちだったんだな。

満たされないモヤモヤを、無理やり表に引きずり出されて苦しんだんだ。

それまで黙っていた山本さんが「イチバン」と、気安く俺をあだ名で呼んだ。

「いいから落ち着け」

近づく山本さんに刃先を向ける。

「あんたがいちばん憎い。俺のことを利用しやがって……」

俺のなかにいるモンスターが覚醒する。違う、モンスターは俺自身なんだ。

「それ以上近づくな！」

飄々と躊躇なく向かってくる山本さんに、俺はナイフを振りかぶった。

腹が立つ！　ああああああああムカつく！

「殺してやる。殺してやる！」

モンスターはありったけの力をこめ、山本さんの胸にナイフを突き立てた。


崩れ落ちた山本さんを見て我に返る。

「あ……」

さっきまでナイフを握っていた両手を、信じられない思いで眺めた。

俺が刺したのか？　人を……殺してしまったんだ……。

すっと下がる体温に、体から力が抜け両膝をつく。

「俺……。俺は……」

ガタガタと震える俺を他のみんなが見ている。なんでこんなことになったんだ。殺すつもりなんてなかったのに、自分が抑えられなかった。

間宮さんが俺の前に立つと、大きく息を吐いた。

「それでいいのよ」

言われた意味がわからずにぽかんと見あげると、間宮さんは笑っていた。

「な、んで……」

習志野さんも工藤さんも笑っている。いったいなにがどうなっているんだよ。

呆然とするなか、ムクッと山本さんが起きあがったから俺は悲鳴をあげた。

「思いっきりだったから想像以上に痛《い》てぇよ」

あぐらをかいて苦笑する山本さん。

そのときになって気づいた。山本さんの胸から血は出ていない。俺の手にも赤い色はなかった。

「偽物……」

転がったナイフを恐る恐る手にして刃先を触ると、抵抗なくぐにゃりと曲がった。

目の前にみんなが腰をおろすのを、俺は呆然と眺めていた。

「あのな」と、山本さんが口を開く。

「さっきのは番組用の収録分。あれは嘘だ。いや、あれも嘘っぱちってところだ」

「……どういうこと、ですか？」

軽くうなずいた山本さんがひとつ息を吐いた。

「まずは、この会社について説明しなくちゃならん」

なにを言っているんだろう。なんで会社のことを山本さんが説明するのかわからなかった。

「奈良ケーブルテレビの親会社は、隣にあるNC機器だ。NC機器はIT製品の開発をしており、コンタクトカメラもそのひとつ。ここまではわかるな?」

こくりとうなずくと、山本さんは自分の目からコンタクトカメラを取って指先に載せた。

「素人からすればこの開発自体すごいことだけど、NC機器にはもうひとつ別の顔がある。それは、将来の犯罪者を予測できるシステムを開発したということだ」

間宮さんが紙の束を俺の目の前に置いた。この間のリストだ。いや、前のより詳細なデータのようだ。

「精神状態のテストだけじゃなく、細胞や脳の検査から導き出されるんだ。精度はかなり高い。犯罪者予備軍とされた人間は将来、ほぼ確実に犯罪を犯す」

山本さんの声にリストから目をあげた。

確実に……? そんなことありえない……。

「NC機器は、過去に重大犯罪を犯した人間たちのデータを詳細に解析した。その際、脳の一部にある細胞を発見した。前頭葉に含まれる一ミリにも満たない黒点が、将来犯罪を犯す可能性を示していることがわかったんだ」

みんな同意を示すように一様にうなずいている。

「最初のリストに挙げた十人は、全員その黒点を有していた。うち八人が数年以内に犯罪を犯してしまった。つまり、八十%の精度を持つデータだよ」

山本さんが俺の前に置かれた資料をパラパラとめくると、名簿が現れた。

「池峰高校は逆指名入試をしてきた。対象となったのは、心理テストや健康診断で異常を認められ、なおかつ黒点を持つ生徒たち。……いや、教師もまたしかり」

「そんな……全国の生徒にテストや検査をやったわけじゃないのに……」

「やったんだよ。ここ数年、全国の中学生を対象に心理テストや面談、健康診断による精密検査を実施している。これは国家施策なんだよ」

「国家……」

壮大過ぎる話についていけない。

「将来起こりうる犯罪を事前に防ぐための取り組みなんて、民間企業だけじゃムリだ。つまり、うちの職員はみんな国に雇われているんだ」

いったん息をつくと、山本さんはタバコに火をつけた。スタジオが禁煙であることを知っていても吸わずにはいられない様子だった。

「あの学校の関係者は犯罪予備軍だ。そのなかでも、将来殺人を犯す可能性のある者で構成されている」

山本さんが資料をめくり差し出してきた。顔写真入りの個人データが並んでいる。

■■一ノ瀬美姫■■

【心理テスト結果】C－C－D－B－D

【健康診断結果】C－D－D

【精密検査結果】黒点 0・25 ↓ 0・46

【分析】気弱で周りに合わせる性質だが、怒りの感情を認識していない。黒点は微小だが怒りが爆発すれば重大犯罪を起こす危険性が大。

【過去の犯罪例】殺人未遂（友人・同僚・上司）

■■渡辺浩史■■

【心理テスト結果】D－C－B－C－D

【健康診断結果】C－E－D

【精密検査結果】黒点 0・48 ↓ 0・69

【分析】他者に対し異常な怒りを持つ。幼少期の経験によるものと推測され、早急な対応が必要。怒りの相手を殺すことも正当化する可能性大。
【過去の犯罪例】　殺人（知人）

■山田良子■

【心理テスト結果】　C－C－E－C－E
【健康診断結果】　B－E－C
【精密検査結果】　黒点0・39↓0・72
【分析】　自信がない性格の反面、他者へ厳しい一面もある。黒点が成長しているスピードが高く要注意。殺人的行為が危惧される。
【過去の犯罪例】　殺人（恋人・肉親）

信じられない。こんなことが実際に……？

「あの学校に犯罪者予備軍を集め、黒点の定点観測を続けた。そしてわかったことがある。怒りの感情が最高潮に達してしまえば、黒点は縮小か消滅するんだ」

「そんな予備軍だらけの学校には見えませんでした」

どの子も普通の高校生に見えた。笑い合い、青春を謳歌《おうか》していたのに……。

「でもな」さみしそうに山本さんが煙を吐いた。
「実際そうなんだよ。放っておくと殺し合いにも発展するかもしれないほど、危うい
バランスで成り立っていた。だから、俺たちは番組という枠のなかで、より危険度の
高い被験者を主役にした。彼らに怒りを爆発させるのが狙いだったんだ」
俺も……逆指名での入社だ。
それに気づき、すっと背筋が寒くなる。思い返せば、心理テストも精密検査も受け
ている。てっきり入社に必要なことかと思っていたけれど……。
「俺も……犯罪者予備軍だったんですね」
さみしい、という感情。悲しいという感情。
あんなに揺さぶっていた怒りの感情は、もうない。
「お前だけじゃない。習志野も工藤も同じだ。なんとしてでも入社してもらわないと
いけなかったから、給料も高めに設定していたんだよ」
俺はうなだれていた。それなら俺のページもあるはずだ。
資料をめくると、それはすぐに現れた。

■■樋口壱羽■■
【心理テスト結果】 E－B－C－E－E

【健康診断結果】　Ｅ－Ｅ－Ｂ
【精密検査結果】　黒点　０・５９　↓　０・８１
【分析】　正義感が強いが怒りのレベルも突出している。大切にしている者へ殺意が生まれると衝動的に殺す可能性がある。
【過去の犯罪例】　殺人（両親・兄妹など）

顔写真は履歴書に貼ったものと同じだ。

そうだったんだ。俺は、この被験者に選ばれたからこそ採用されたんだ……。

「……俺、親や妹を殺す可能性があるってことですね」

「正確には『あった』だ。今、爆発したことで黒点は小さくなっていると思う」

俺の前に来た山本さんがぽんと肩に手を置いた。

「なあイチバン。これで俺たちの嘘もすべて表に出たことになる」

山本さんの言葉に、ツンと鼻が痛くなったかと思うと、次の瞬間、涙がこぼれていた。どの感情があふれているのかわからないまま、俺は泣き続けるしかできなかった。

間宮さんたちが俺のそばに腰をおろした。

「山本さんも私も、同じように採用されたの。山本さんは姪の吉野さんを助けるため、私は妹の麻未を助けるために入社した」

間宮さんの告白に習志野さんがうなずく。

「あたしと工藤さんは黒点について説明を受け、要観察中。今回、演技とはいえ殺人未遂を疑似体験したから、黒点が小さくなっているといいんだけど……」

「僕はダメだった。妻や子供に迷惑をかけてしまった。だけど、会社のおかげで罪を回避できたんだ。イチバン、ここまでよくがんばったな」

工藤さんの目がやさしい。

「さてと」と、山本さんが俺を見た。

「ここからは、お前が選択できる」

「選択……」

ぽかんとしてしまう。あまりに早い展開に脳がついていけていない。

いろんなことが起き過ぎて、これも嘘の世界なんじゃないかと疑ってしまう。

けれど、怒りの感情はやはりもうなかった。

「間宮がお前の妹に接触したことは知っているな？」

「はい……」

パンフレットを送ってもらったとか……。あれ、二葉はほかにもなにか言ってなかったか、と記憶を辿《たど》る。

「そうだ、健康診断を――」

「これまでの仮説では、黒点に遺伝はないと思われていた。しかし検査の結果、わずかながら樋口二葉の黒点は拡大が認められた」

「そんな！」

叫ぶと同時に肩に置かれた手に力が入った。

「大丈夫だ。中学一年生の健康診断のときから黒点があることは承知していた。ずっと経過を観察しているから安心しろ」

そうか。だから推薦が許されていたんだ。今さら知る事実は、改めて考えるとすっと理解できることだった。

「でも、進学先は姉妹校になるかもって……」

「この研究を進めている高校は全国にいくつかあるんだよ。どこの高校に進んでもお前の妹の面倒はちゃんと見るから安心しろ」

そうだったのか……。これだけは信じてもいいのだろうか？　いや、信じたい。

「お前はもう立派な奈良ケーブルテレビのスタッフであり、国の研究を委託されたスタッフでもある。妹の将来をどこで見守るべきか、自分で決めればいいんだよ」

はらはらと涙があふれて止まらない。

けれど、怒りの感情が消えた世界はどこかやさしくて、懐かしささえ感じる。

目を閉じて思い浮かべる。これまで主役に選ばれた人たちには、みんな大切な人がいた。誰かのために必死で困難を乗り越えようと、もがいてきたんだ。
俺にも、大切な人がいる。
いつか、二葉を救えるなら、俺の答えはひとつだ。

エピローグ

正月も帰れなかった俺に、電話口の二葉はさっきから恨み節。

けれど、二月に連休をもらったことを告げると、渋々ながら納得してくれた。

「で、高校は決めた？」

『うん。やっぱりお兄ちゃんのいるところにする』

明るい声で言う。

「そっか。楽しみだよ」

『それより大丈夫？　第四シーズン、今日で最後でしょう？　あんな展開怖すぎるよ。本当にドッキリ企画なの？　お母さんもすっごく心配してるんだよ』

家族っていいな。こうやって離れていてもそばにいるように温かい。

「ここだけの話だけど、あれはやらせだから。最初からドッキリって知らされてたし、そもそもシナリオがあるんだよ」

『え、そうなの？　なんかショックー』

「はは。テレビなんてそんなもんだよ。俺の名演技を見ててくれよな」

電話を切って大きく息を吐く。

大道具部屋を見渡すと、この数ヵ月のことが走馬灯のように蘇った。

俺は、辞めない。自分のなかのモンスターが二度と起きないよう、ここでスタッフとして働き続けるだろう。

「壱羽くん、そろそろ出番だよ」

声に振り向くと習志野さんが立っていた。彼女もまた、黒点により運命を変えられた人だ。

――ううん、違う。運命を軌道修正した人。

「あー、生放送なんてつらすぎる」

ボヤくと彼女は口のなかで小さく笑った。

「世間は大変なことになってるよ。ドッキリだと告知しているのに、あまりにも壱羽くんのリアクションがリアルなんだもん」

「そりゃ、あのときはリアルだったからさ。あー、思い出したくない」

「先週の最終回のあと、すごい反響があったんだって。追加での生放送なんてすごいじゃん」

「他人事《ひとごと》だと思って……」

この生放送で、俺のシーズンは本当に終わりを告げる。

二ヵ月間、俺の醜態をテレビでさらしたことになる。最後のネタばらしのシーンは追加で先日撮影しなおした。

習志野さんが俺の前でペコリと頭を下げた。

「いろいろ本当にごめんなさい。許してもらえないかもしれないけど、どうしても壱羽くんの怒りを爆発させなくちゃいけなかったの」

「もういいよ。これで何回目だよ」

「だって……」

この話をするたびに涙ぐむ習志野さんもまた、苦しい体験をしたひとりだ。

「そういや、新入社員が何名か決まったんだよね。池峰高校の新入生も決定。これから忙しくなるな」

「だね。番組終了のはずが、第五シーズンをやることも決定したしね」

スタッフのひとりが「本番です」と声をかけてきたのでうなずく。

「習志野さん」

「ん？」

「約束覚えてる？　打ちあげは、習志野さんのおごりだから」

そう言う俺に習志野さんは指で丸を作ってくれた。

舞台袖に立つと、司会のふたりがこちらを見てにっこり笑う。
間宮さんの横にいるのは工藤さん。落ち着いた表情に俺もほほ笑みを返す。
「それでは登場してもらいましょう。第四シーズンの主役、樋口壱羽さんです！」
間宮さんの声に俺は歩き出す。
光のなかへ。
一歩ずつ、一歩ずつ。
俺のなかのモンスターは、もう二度とささやかないだろう。

あとがきに代えて

「お前って、最後の正義感だけは強いんだよなあ」

学生時代に担当教師に言われた言葉を今でも覚えています。

作品中でも主人公が同じことを言われますが、当時はその意味がわかりませんでした。正しいことをしたはずなのに、非難するような目で見てきた教師に反発を覚えたことは記憶のフィルムに刻まれています。

——善と悪のふたつに区切り、自分の所属を明確にすることで反対側を攻撃する。昔から続いている慣習も、大人になるとその境界線は曖昧であることを知りました。善と悪は溶け合い、両方を持つのが人間なのかもしれません。また、自分は善だと思っていても、他者から見れば逆のこともしかり。

見る人のカメラによって映し出される景色は変わるのでしょう。

ずっと見ないフリをしてきたのに最後だけ正義を振りかざした自分の姿を、今はズームアウトして見ることができるようになりました。

私なりに、あの日言われたことへの答えを出せた。そんな気持ちです。

この作品は、長年ずっと書きたいと温めてきました。青春や感動系の作品で主に活動していますが、もっと人間の奥にある側面を書きたいと常々思っていました。

今回は、いぬじゅんらしさを主軸としながら、これまで描いてこなかった側面にもズームしています。

もちろん、これまで応援してくださった皆様にも楽しめる内容となっています。


最後に、いぬじゅんの新しいジャンルというべきこの作品を刊行してくださった実業之日本社様、長年お世話になりっぱなしの編集担当である篠原様、すばらしい世界観を表現してくださったイラストレーターのｈｉｋｏ様、デザイナーの西村様、本当にありがとうございます。

実業之日本社文庫ＧＲＯＷの第一弾として刊行するこの作品、ぜひたくさんの皆さまにお読みいただきたいです。

読み終わったとき、あなたのレンズに映るものがどんな景色なのか。

いつか新型コロナが収束した世界で、同じテーブルを囲み聞かせてください。

二〇二一年四月　　　　いぬじゅん

本書は書き下ろしです。

本作品はフィクションです。実在の個人、団体、とは一切関係ありません。（編集部）

実業之日本社文庫　最新刊

相場英雄
ファンクション7
新宿の雑踏で無差別テロ勃発。その裏には北朝鮮のテロリストの影が……。北朝鮮、韓国、日本を舞台に、人々の生きざまが錯綜する、社会派サスペンス！
あ93

梓林太郎
天城越え殺人事件　私立探偵・小仏太郎
伊豆・修善寺にある旅館で働く謎の美女は何者？　身元調べを依頼された小仏だが、女の祖父が五年前に殺されていたことを知り――傑作トラベルミステリー。
あ315

いぬじゅん
今、きみの瞳に映るのは。
奈良ケーブルテレビの新入社員・樋口壱羽は、社運を賭けたある番組のADに抜擢されるが……!?　世界を震撼させるラスト、超どんでん返しに、乞うご期待！
い181

沖田円
雲雀坂の魔法使い
ある町の片隅、少女のような魔法使いが営む『雲雀坂魔法店』。切実な苦悩や過去を抱えながらそこを訪れる人々との、切なくも心温まる物語は感涙必至!!
お111

倉阪鬼一郎
お助け椀　人情料理わん屋
江戸を嵐が襲う。そこへ御救い組を名乗り、義援金を募る僧達が現れる。その言動に妙なものを感じ、正体を探ってみると――。お助け料理が繋ぐ、人情物語。
く49

今野敏
排除　潜入捜査〈新装版〉
日本の商社が出資した、マレーシアの採掘所の周辺住民が白血病に倒れた。元刑事が拳ひとつで環境犯罪に立ち向かう、熱きシリーズ第2弾！（解説・関口苑生）
こ215

文日実
庫本業 い181
社之

今《いま》、きみの瞳《ひとみ》に映《うつ》るのは。

2021年4月15日　初版第1刷発行

著　者　いぬじゅん

発行者　岩野裕一
発行所　株式会社実業之日本社
〒107-0062　東京都港区南青山5-4-30
CoSTUME NATIONAL Aoyama Complex 2F
電話［編集］03(6809)0473［販売］03(6809)0495
ホームページ　https://www.j-n.co.jp/
DTP　ラッシュ
印刷所　大日本印刷株式会社
製本所　大日本印刷株式会社

フォーマットデザイン　鈴木正道（Suzuki Design）

ISBN978-4-408-55653-6（第二文芸）